Aranhas boêmias

Aranhas boêmias

Maria Helena Fontes

ilustrações Calu Fontes

Quelônio

Para Didi e Augusto (in memoriam)
e a todos os outros amores da minha vida

Sumário

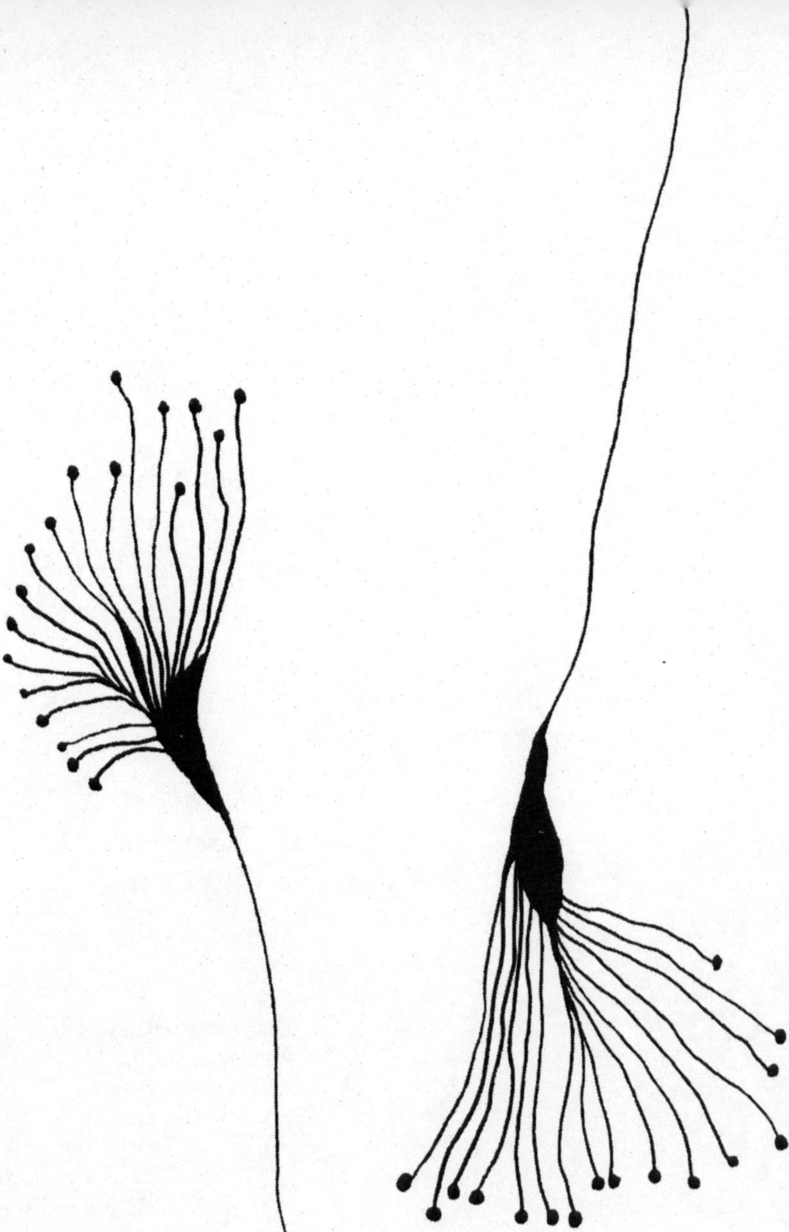

Jacarandá – A beleza reencontrada

Eu sabia de onde me vinha a fome de comida, mas nunca soube de onde me veio a fome de beleza. Só sei que a maior parte do meu tempo era consumida em satisfazê-la. Acordava e a busca começava olhando, na parede do quarto, o jogo de sombras e luzes formando desenhos de linhas que se encontravam ou se afastavam quando as folhas da palmeira se inclinavam para a direita ou para a esquerda, sopradas pela brisa do quintal.

Por vezes tirava a sorte grande de acompanhar a sombra da queda lenta de uma folha do abacateiro ou o voo incerto de uma borboleta. Vestia a roupa apressada para sair e ver as pequenas teias de aranha entre as folhas da grama, brilhando antes que o sol as desfizesse; mas o que de verdade deixava cheia a barriga dos meus olhos era ver os raios do sol atravessando as gotas d'água capturadas nos fios das grandes teias, brilhando como diamantes; e eu, que nunca pendurei no meu pescoço nenhum fio com medalhinha prateada de Nossa Senhora das Graças, fazia de conta que colhia a teia e a transformava em colar que brilhava sobre o azul do meu vestido de brim ordinário. E assim, caçando beleza aqui e ali, eu passava o dia. Nos intervalos, desaprendia coisas que os adultos ensinavam. Não sei quanto tempo fui caçadora nesse lugar. Sei dos dias de sol e chuva, noites de céu escuro coalhado de estrelas e noites de procissão de sapos mesmerizados pela lua cheia. O tempo em nada se fazia presente nessa sequência de dias e noites de encantamento. Foi depois que vi, em Jacarandá, a casa verde e seu caramanchão de buganvílias que uma fome nova passou a me inquietar: sentia fome de lugares com casas bonitas nas ruas.

A primeira vez que desci o rio, o barco que me levava parou no porto de Jacarandá, um vilarejo visto no alto da ladeira até onde minha vista alcançava. Naquele ponto havia uma casa colorida por um verde forte, ladeada por um caramanchão coberto por buganvílias vermelhas. Foram essa casa e seu caramanchão a origem de todas as promessas de belezas e maravilhas que a menina – que só conhecia casas de paredes feitas de barro mole, preenchendo os quadrados das frágeis ripas de madeira, cobertas com palmas de buriti e chão de terra batida – esperava encontrar em Jacarandá. Era o que eu desejava, quando alguma vez o barco demorasse mais tempo no porto e eu pudesse subir a ladeira e conhecer a cidade que se estendia para além dessa casa. Imaginá-la alimentava minha fome. Assim deveriam ser todas as cidades que eu não conhecia e talvez nunca conhecesse.

Já adulta, voltei a meu lugar de origem, procurando traços que talvez existissem das pessoas que me deram a vida. Soube da existência de um irmão, Antonio. Consegui encontrá-lo e nunca mais ficamos muito tempo longe um do outro.

Naquela ocasião, eu quis descer o rio até Jacarandá e subir a rua vista do porto. Não mais havia barcos e canoas. A pequena vila era agora um lugar fantasma. Os habitantes a abandonaram quando o rio secou e uma nova rodovia a deixou fora da rota de comércio. Eu poderia ir até lá de bicicleta, me disseram, pela coroa de areia dura que se formou no que fora o leito do rio. A casa verde, visível no topo da ladeira, deveria ainda estar lá, pensei, e finalmente a conheceria de perto. Resolvi que iria.

Do areal que ocupava o antigo leito do rio, olhei em busca do lugar percorrido tantas noites. De Jacarandá, apenas a parte final da torre da igreja fazia contraste entre o branco e o verde da folhagem espessa do matagal que escondeu todas as ruas do lugarejo.

Eu nunca conheci Jacarandá. Eu já estive mil vezes em Jacarandá.

Na aldeia de casas de taipa onde vivi meus primeiros anos, as crianças eram criadas livres como galinhas no terreiro e cachorros nas ruas. Um dia ouvi dizer que uma casa iria ser construída não muito distante das casas da aldeia. O coração ficou em alvoroço. Com certeza seria a primeira das casas que transformariam aquele lugar sem graça em uma cidade tão linda quanto Jacarandá. Fui procurar e encontrei um homem cavando um buraco pequeno.

– É assim que uma casa começa a ser feita – ele me explicou.

Olhando em volta pensei que uma casa bonita não ia combinar com aquele lugar. Na certa a casa seria feita descendo para dentro do buraco, e assim seriam as outras. Uma nova cidade com suas casas floridas estaria começando naquele buraco. Sentada em um tronco de árvore derrubada comecei a sonhar com minha futura casa – seria amarela com janelas marrons e um lindo jardim na frente. As ruas não seriam de barro, e sim cobertas com pedrinhas redondas e branquinhas, quase translúcidas, iguais às que eu encontrava no leito do riacho e guardava comigo. Eu iria a cada semana acompanhar a construção. Voltei na semana seguinte e vi a casa já construída. O barro das paredes ainda estava vermelho e amolecido. As ripas de sustentação exibiam os veios, parecendo feitas de troncos vivos.

Naquela noite, visitei Jacarandá pela primeira vez. Para além da ladeira a rua descia coberta de pedrinhas brancas brilhando com os raios de luz. A noite era esplêndida e perfumada pelas roseiras de cores variadas que pendiam dos caramanchões das casas, todas elas amarelas.

Caminhei pelas ruas desertas; o silêncio profundo me fez ver que ali ninguém morava. Aflita, procurei a saída para voltar ao porto, mas não consegui encontrá-la, fui me enredando cada vez mais em ruas que desembocavam em outras, todas iguais.

A partir dessa noite caminhei por muitas outras em suas ruas, sempre excitada pela expectativa de conhecer a cidade que se espalhava para além do alto da ladeira, e a cada vez encontrava uma cidade a ser descoberta.

O tempo marcado em horas começou a existir para mim quando fui dada a uma velha senhora – que morava distante da aldeia, em uma cidade onde o rio desembocava no mar – para ajudá-la em pequenos serviços da casa. Foi então que desci o rio, passando pelo porto de Jacarandá pela segunda vez. Percebi que a beleza do lugar ia além da casa verde com flores vermelhas – no cume de um morro, vi uma igreja branca com o portal azul, ladeada de palmeiras. O santuário se espichava para cima, e sua torre magra tocava o céu.

Na nova casa, o tempo passou a ser marcado pelos domingos – dia de ir à missa com o único vestido bonito que ganhei; ele ficava guardado em um armário e só saía para ir à missa de gala. Era feito de tecido transparente estampado com flores miúdas, tinha mangas bufantes e duas fileiras de babados na barra da saia que borboleteavam quando eu caminhava. A velha senhora era severa, não me deixava vadiar – como ela dizia – em seu quintal, povoado de árvores e flores:

– Na minha terra aprendi que crianças devem estar sempre ocupadas, pra não pensar bobagens.

Eu amava o domingo, dia de encontrar a beleza: o vestido, o teto da igreja pintado com cenas coloridas, os altares enfeitados com as cores fortes das vestes dos santos, os castiçais de prata, o turíbulo exalando perfume do incenso ao ser balançado sobre nossas cabeças, a igrejinha dourada, que parecia de brinquedo sobre o altar principal, de onde o padre, com batina de brocado e ouro, retirava um sol resplandecente e por um tempo curto o exibia erguendo as mãos ao trinado de uma campainha, e todos se curvavam olhando para baixo, como se o sol queimasse os olhos que se demoravam naquela visão, o som do órgão, o coro de vozes que fazia sentir o meu corpo leve, suspenso do chão, arrebatado para o interior de uma beleza absoluta e infinita. Dentro dela, eu sumia engolfada por sua grandeza. O êxtase se mesclava à nostalgia e ao anseio de alcançar esse lugar. A felicidade dentro de mim era quase uma dor.

Entre os domingos, meus dias eram vividos na repetição das pequenas tarefas. O espaço da semana era uma eternidade, a dose de beleza era insuficiente para compensar tantos dias de inanição. O alheamento, companheiro antigo, lentamente ganhou espaço ao ponto de não mais escutar quando me chamavam, nem mesmo lembrava o meu nome, não sentia o gosto da comida e aos poucos fui perdendo a vontade de comer. Definhava. O cabelo caiu deixando em seu lugar uma penugem rala.

Não podia mais ir à igreja, minha figura esquálida e sem cabelo assustaria as pessoas – disse a velha senhora.

Nessa época visitei Jacarandá todas as noites. Entrava em igrejas cada vez mais belas, jamais cansava de percorrer as ruas, subir e descer ladeiras. Cortinas transparentes deixavam ver móveis de vidro colorido iluminados no interior das casas. Certa noite, vi a igreja que se espichava para cima e resolvi subir na torre que prometia chegar ao céu. Do alto, veria toda a cidade com as casas douradas cintilando, o rio e a mata em torno; queria me despedir de Jacarandá e entrar pelas nuvens até o céu.

Quanto mais eu subia, mais o topo da torre se distanciava; quando finalmente a escadaria parecia próxima do fim, os sinos começaram a badalar por eles mesmos e soaram tão fortes que eu tampei os ouvidos e desci a escada correndo até alcançar o interior da igreja. Nos altares, as imagens estavam cobertas com panos pretos; no púlpito, um padre caolho me olhava de forma severa pedindo silêncio com o dedo nos lábios. Fugi apavorada. Depois daquela noite nunca mais visitei Jacarandá.

A velha senhora, assustada com meu estado de letargia, chamou sua filha, uma mulher bem-vestida, que me levou de automóvel para outra cidade.

Na nova casa, sou instalada em uma cama em um quarto pequeno e aconchegante; o corpo sente uma alegria quando mãos delicadas o banham em água quente e perfumada e o envolvem em uma toalha macia; o nariz é cutucado por um cheiro bom, a língua e a garganta gostam da comida que está sendo posta na boca. O corpo relaxa em um sono tranquilo e duradouro. Abro os olhos e vejo duas pessoas - uma pequena e outra maior - que me olham com assombro e saem correndo do quarto, parecendo assustadas. Fecho os olhos sem querer mais abri-los. Depois de algum tempo ouço passos e sinto que alguém segura minha mão e parece falar pra mim. A mão é quente, a voz é doce. Os olhos desobedecem a minha vontade e se abrem; bem de perto, dois olhos estão me vendo - são verdes com rajadinhas amarelas; dá pra ver que tem água brilhando debaixo daquela película transparente. Vejo meu rosto dentro dele. O coração bate forte. Descubro que gente também pode ser bonita. A barriga do olho vai ficando cada vez mais cheia da beleza daqueles olhos, da voz suave e da maciez daquela mão. Me entrego.

Glorinha foi meu primeiro amor. Era a filha mais velha do casal que me acolheu. Saía para o colégio de manhã cedo e voltava no meio da tarde quando as outras crianças estavam na escola. Eu ficava feliz porque então ela era só minha. Glorinha estudava para ser professora de crianças. Quando ela estava estudando em casa, eu ficava junto, caladinha, mesmo porque não sabia o que falar com ninguém. Depois de um tempo, quando já comia na mesa e meu cabelo começou a crescer, ela resolveu me ensinar a ler e escrever. Ouvi quando ela disse aos pais que eu aprendia fácil e "tinha uma memória fora de série". Achei que devia ser uma coisa boa, mas não me importava com isso, bom mesmo era ter atenção de Glorinha.

Ganhei vestidos novos, que não vestia só para ir à missa. Glorinha me levava junto com seus irmãos para ver filmes de caubói e de princesas na matinê e até em baile infantil no clube. Sua mãe tinha muitos compromissos, não tinha tempo de me dar atenção, mas mandava as pessoas da casa cuidarem de mim, "porque ela já sofreu muito, e criança nenhuma merece sofrer". Seus filhos me chamavam baixo de "cachorrinho da Glorinha", e eu bem que queria mesmo ser seu cachorrinho só pra ficar sentada no colo dela. Acho que eles tinham ciúmes da atenção que ela me dava e também ficavam com raiva porque eu não queria brincar com eles, preferindo ficar com os livros logo que aprendi a ler. Os livros eram minha tela de cinema: eu enchia de imagens as histórias que lia; não sentia o tempo passar, não sentia fome de beleza, não precisava visitar Jacarandá à noite e nem queria mais ir para o céu quando ouvia o coro da igreja.

Nem sei como aconteceu de um dia sentir um tipo de agonia dentro do peito que eu não sabia de onde vinha nem o que fazer pra tirar de lá. Só passava quando Glorinha estava junto. Se ela se afastava, ficava ruim de verdade. Eu imaginava que ela podia morrer de doença, de desastre, atropelada, ou que alguma coisa poderia impedir que ela voltasse do colégio. Perto da hora que ela ia chegar, eu já estava no portão do jardim esperando, com o coração batendo forte; acordava de noite e abria a porta do seu quarto para ficar segura de que estava lá. Ela ouvia a porta ranger e acordava me pedindo com doçura que voltasse pro meu quarto, mas na noite seguinte eu acordava e ia lá de novo. Glorinha, antes pontual, passou a acordar sem tempo pra o café da manhã. Mãe e filha chegaram a um acordo: um colchão seria posto no quarto de Glorinha "enquanto durasse aquela fase". Dali em diante, passei a dormir tranquila. Acordava bem cedo. Quando Glorinha saía, ia ler no meu quarto. Algum tempo depois, fiquei segura que Glorinha não iria sumir, voltei a dormir na minha cama.

No ano seguinte fui matriculada na escola pública do bairro, no período da tarde. Glorinha agora frequentava muitos cursos depois das aulas do colégio e, no começo, fiquei triste com essa distância. Sofri mais quando ela começou a passar horas intermináveis ao telefone conversando com as amigas sobre os rapazes e as pequenas intrigas entre elas, mas aos poucos fui me conformando; estudava bastante e me sentia cada vez mais contente de aprender coisas na escola e nos livros.

A vida corria tranquila. Depois dos muitos dias de frio do inverno, naquela manhã um brilho especial do sol anunciava o início da primavera. Saí para caminhar no jardim em vez de voltar para ler no quarto; queria ver as gotas de orvalho brilhando nas folhas e flores. A beleza me convidava para uma celebração. Desfrutando da manhã, cheguei ao extremo oposto da casa, onde ficava a garagem do carro da fazenda e o ateliê de pintura da mãe de Glorinha. Esse era o único lugar da casa que as crianças não tinham permissão para entrar. Ouvi vozes que pareciam vir de dentro da garagem, que eu sabia estar vazia àquela hora. Chegando mais perto, percebi que não eram vozes, e sim gemidos e ruídos de respiração arfante. Entre assustada e curiosa, achei melhor pisar devagar e olhar o que estaria acontecendo lá dentro antes de correr para avisar as pessoas da casa. A garagem estava escura, e meus olhos vindos da luz do sol mal perceberam no fundo a silhueta de uma mulher que me pareceu ser a mãe de Glorinha, abraçada a um homem. Não parecia seu marido, e sim o vizinho italiano que frequentava a casa. Não tive tempo de me certificar de que eram eles mesmos. Com medo de ser vista, corri assustada sem olhar para trás com a ideia apavorante de que eles estavam correndo atrás de mim. No meu quarto, me joguei na cama cobrindo a cabeça com a colcha. Sabia que nunca deveria ter visto o que vi e que algum castigo terrível cairia sobre mim. Certamente eu iria ser mandada embora daquela casa. Iria perder Glorinha, a escola, os livros e a vida que eu tinha aprendido a achar bonita. Nesse dia não quis almoçar – tinha que selar minha boca, tinha medo de o segredo escapar à minha vigilância.

Depois de tanto tempo, naquela noite visitei Jacarandá. A cidade nunca esteve tão bonita em seu esplendor de brilhos das luzes nas ruas e das fontes luminosas de suas praças, jorrando sem cessar águas que mudavam de cor a cada momento ao som de uma linda música.

Nos meses que se sucederam à visão da cena proibida, vivi ensimesmada a maior parte do tempo, apenas respondendo ao que me era perguntado. Com a certeza do castigo que estava por vir, esperava angustiada a expulsão do meu paraíso. Glorinha estranhou meu retraimento explicado pela mãe como "questões da pré-adolescência", mas logo se acostumou com minha nova maneira de estar na família. Essa distância era para mim um alívio – tinha medo de ceder à vontade de lhe contar o que se passava comigo.

As visitas noturnas a Jacarandá e suas belezas deixaram de existir muito tempo depois, quando me convenci que o esperado castigo não viria.

Eu, que não imaginava voltar, me vejo caminhando novamente em Jacarandá. Desta vez, durante o dia. Caminho por uma rua comercial, sem nenhum atrativo, não me ocorre subir a ladeira. Vejo meu irmão Antonio e com ele vou à procura de um lugar que venda fondue. Penso vagamente que meu desejo é absurdo – é uma comida sofisticada demais para ser vendida por aqui. De fato, não encontro. Passo por uma casa que me parece familiar, lá dentro minha querida Raquel cozinha para mim; ela não faz fondue, em seu lugar me oferece um prato nada convidativo – filetes de carne escuros, ressecados e retorcidos, acompanhados por formigas fritas iguais às que vi em um prato servido pelo chef do restaurante tailandês do filme de ontem à noite. Antonio come com gosto. Eu não aceito. Não sinto fome.

Depois de ter vivido na nossa casa a maior parte da sua vida e da minha, Raquel esperou minhas filhas se casarem e voltou há seis meses à sua cidade natal para realizar o sonho de plantar flores em um jardim todo seu. Na mesma época morreu Antonio, o irmão querido.

No sonho de hoje, sem luzes e brilhos, Jacarandá me convidou a provar da comida amarga da realidade da dor causada pela perda de pessoas amadas.

Penso agora que a estranheza de ter voltado a Jacarandá esta noite, tantos anos depois, me levou à narrativa dessa longa viagem de volta no tempo. As imagens rememoradas se juntaram como peças de um quebra-cabeça, desvelando uma configuração surpreendente que me iluminou com o brilho fulgurante da verdade.

Conhecer Jacarandá, cada vez diferente e sempre deslumbrante, que existia apenas nos meus sonhos repetitivos, longe de ter sido, como eu pensava, uma fuga dos momentos de sofrimento e frustração, foi na verdade a permanência na minha mente da figuração da beleza preconcebida, encontrada e perdida alhures, em um tempo mítico ou real quando ainda não havia imagem ou palavra que a nomeasse.

Algum dia eu conheci a fonte inaugural de onde bebi dessa água apaziguante que deixou em mim a quase memória do brilho de um olhar apaixonado, criando o impulso de buscá-lo quando o pressentia ou quando dele necessitava, e a condição de reconhecê-lo quando o encontrava. Re-conhecer é já ter conhecido. O encontro da beleza era na verdade, um re-encontro.

Jacarandá na minha vida foi o outro nome do amor e do desfrute pleno da alegria de viver, realizado na fruição estética, na sexualidade, na paixão pela descoberta e pelo conhecimento. No sonho desta noite não precisei subir a ladeira para buscar a beleza – ela mora dentro de mim, na minha carne e no meu sangue.

Uma pequena vida

Luisa está pronta para começar sua rotina. Acordou a tempo de ver a neblina espessa inundar a manhã, escondendo a pradaria, o morro atrás e as altas palmeiras a cinquenta metros da porta do seu quarto. A casa, ainda silenciosa, leva um tempo antes de ser tomada pelas vozes das crianças. Cada uma quer uma coisa diferente no demorado café da manhã dos fins de semana. Sai para o terraço que circunda a piscina, volta-se para o lado onde o sol já se mostra por inteiro e começa a fazer com calma seus exercícios diários.

Primeiro, a inspiração prolongada seguida da expiração lenta e sonora até o ponto em que o ar se impõe, indisciplinado em sua recusa de se expandir pausadamente. Depois, os exercícios de rotação – cabeça e pescoço, espáduas e ombros, braços e cintura, joelhos. Ao iniciar o último movimento, lembra-se, como de outras vezes, que Amélia, amiga e companheira das aulas de tai chi chuan, costumava corrigir sua postura nesse momento da sequência. Terminou por gravar, junto com o movimento correto, a voz da amiga. Pontualmente, ela surge em sua memória, quando realiza essa parte do alongamento.

Desde quando recebeu a notícia da morte de Amélia, uma dor incômoda, a cada dia, ganhava um espaço maior, intrometendo-se como uma indesejada visitante, na sequência já familiar. Na verdade, a amiga começou a morrer um ano antes, quando o filho pulou do oitavo andar, estatelando-se no jardim do prédio onde moravam. Três meses depois, o marido não voltou vivo da sala de cirurgia cardíaca para uma troca de válvula.

Era intolerável para Luisa não ter ido vê-la mais vezes depois que Amélia, como fazem os elefantes, voltou para morrer na cidade onde nasceu e viveu sua juventude. Nem mesmo compareceu ao enterro acompanhado pelo pequeno grupo de amigos que restou depois da longa ausência daquela cidade.

Antes do fim foi só agonia. Na última vez que a visitou, espantou-se com seu estado – arrastava pela casa o pequeno corpo frágil e um olhar assombrado que parecia implorar por socorro, piedade e explicação para a tragédia que, sem aviso, desabou sobre sua vida.

Luisa sacode a cabeça. Tenta se livrar da dor que cresce com essa lembrança.

Terá que recomeçar a sequência dos movimentos para atingir o estado de quietude mental necessário ao início da meditação. Pernas afastadas, levemente flexionadas, coluna encaixada, pálpebras semicerradas, Luisa volta a inspirar devagar. Quando começa a expiração, os olhos agora abertos não deveriam se deter em nenhum ponto, mas eles se fixam de início em uma árvore esguia, no alto do morro, cuja folhagem faz rendas no céu. Em um plano mais abaixo, ela vê a volumosa copa verde-escuro das mangueiras e jaqueiras.

Na encosta do morro, as folhas largas das bananeiras estiram seus braços abertos frouxamente unidos, formando uma simétrica fileira verde-claro. Quase ao nível da sua cabeça, os arbustos floridos estão sendo visitados por quatro, cinco ou mais borboletas que recolhem as asas quando pousam para sugar o pólen, manchando de amarelo o coral vibrante das icsórias.

A cabeça e o tronco acompanham o olhar em direção ao chão, quando o ar já não consegue sair em um jorro contínuo e quase em estertor, os pulmões expulsam o resto do ar.

O olhar paralisa-se no azul da piscina, e Luisa vê na superfície da água, bem perto da borda, o pequeno inseto que agita as asas molhadas, tentando alçar voo. Seu primeiro impulso é recomeçar a inspiração sem interromper o exercício. Logo percebe que é impossível – o ar já penetrou no pulmão de uma só vez, trazendo junto a decisão de socorrer o inseto. No gramado, arranca uma folha delicada e a aproxima do ser que, já sem força, ainda agita as asas que não conseguem erguer seu corpinho encharcado. A folha o sustenta e, com um movimento preciso, Luisa a retira da água e a deposita na borda da piscina, supondo que o calor do sol – agora já intenso – lhe secará as asas, permitindo a partida.

Depois de parar por um tempo curto, o inseto se agita, se contorce, faz movimentos erráticos dando mostra de sofrimento. Luisa continua a observá-lo, para saber o que fará com a vida que ela lhe devolvera. Enquanto seu olhar o acompanha, lembra que desde pequena gostava de observar seres minúsculos; seguia a caminhada de uma formiga para algum lugar, demorava observando teias caprichosas tecidas por minúsculas aranhas entre as folhas de uma roseira, o momento que uma joaninha temendo algum perigo se esferizava imóvel. Esquecia-se do mundo quando acompanhava essas pequenas vidas.

Volta a atenção para o inseto, que se mantém em movimento por um bom tempo e depois se arrasta em direção à piscina. Luisa imagina que talvez busque o embalo da água – uma promessa de doçura e calidez quando suas asas não mais consigam se mover.

Luisa sente raiva do bichinho que parece escolher a morte, se arrepende de tê-lo salvo privando-lhe o gozo da morte encontrada pelo acaso de uma queda ou corrente mais forte de vento; a culpa vem se juntar à raiva – a sua compaixão o faz viver a penosa agonia da morte escolhida.

Ela resolve não obedecer ao impulso de devolvê-lo à água. Paralisada, continua a observar o inseto e seu esforço para alcançar a borda da piscina.

O inseto desce lentamente pela parede de pedra, aproxima-se da superfície da água, mas quase chegando a ela encontra na pedra uma ranhura, que lhe parece um obstáculo intransponível. Recua e volta subir. Acomoda o corpo em um lugar úmido, encolhe-se sobre si mesmo, até que algum tempo depois se paralisa. Imóvel, Luisa o observa não sabe por quanto tempo, até que o pequeno ponto preto que ele se tornara desaparece a seus olhos, que já não veem senão um espaço turvo de um mundo silencioso e sem forma à sua volta.

O som do riso das crianças traz Luisa de volta.

Não sabe por onde vagou nem por quanto tempo permaneceu solta do espaço e do tempo. Sente os pulmões se dilatando e ouve as batidas do coração. Seus olhos veem de relance que as borboletas amarelas ainda estão no arbusto sugando as flores.

Alumbramento

– Fuerza! Fuerza como se fuera cagar!

Pajarito – como era chamado o pequeno e precocemente enrugado nicaraguense – falava quase gritando para a mulher que, exausta e gemendo, parecia não ter mais força para expulsar o desconhecido inquilino que acolhera no útero. Nesse plantão, Pajarito era o terceiro na hierarquia da equipe de obstetrícia. O primeiro – o obstetra responsável pelo plantão – dormia a noite inteira. O segundo, o residente, era geralmente chamado se a indicação fosse realizar um parto cirúrgico. Depois de Pajarito vinham os estudantes do estágio da disciplina. Aquela era a segunda vez de Teresa na maternidade-escola. Depois de observar dez partos naturais, naquele plantão ela seria responsável por um, dois ou mais partos, conforme sua disposição.

A semana inteira passara inapetente. Afastava-se dos pratos do almoço e jantar, sentindo o cheiro das comidas misturado ao odor nauseante das fezes expelidas nos partos e ao cheiro acre da placenta que impregnaram suas narinas no plantão anterior. Sentira vontade de ir embora da maternidade, abandonar o curso de medicina, nunca mais passar por nada daquilo.

A roupa começava a sobrar no corpo; em troca, a convicção de ter escolhido a profissão errada, engordava cada vez mais.

Desmaiara no plantão do pronto-socorro ao ver uma criança em desespero sentindo a dor da sutura do corte da cabeça, antes de a anestesia fazer efeito; passava noites insones pensando na jovem mulher no hospital, condenada à morte por uma leucemia aguda. Cada estágio nas enfermarias especializadas era uma fonte de tormento. A dor e a morte mostravam sua cara sem nenhum pudor.

No começo era mais fácil - ossos e peças anatômicas soltas, escurecidas pelo formol, não lhe permitiam forjar uma identidade para aqueles corpos despedaçados. Distanciava-se da angústia, escrevendo contos nos quais cadáveres reclamavam seus órgãos de volta, ossos fugiam das mesas na sala de anatomia, integrando esqueletos que à noite dançavam. Desfrutava do prazer de pronunciar os nomes latinos da geografia corporal, de desvendar no microscópio o mundo oculto das células e tecidos e de sonhar com o status dado pelo avental branco e o estetoscópio no pescoço, como as médicas que caminhavam apressadas, nos corredores do hospital.

O plantão na maternidade era aguardado como um momento especial. Fazer nascer uma criança tinha para Teresa o mesmo significado de estar presente no dia da criação; ela seria testemunha do milagre da vida.

Viver essa experiência justificaria o sono perdido nas noites de estudo para entrar na faculdade, a angústia da espera do resultado do vestibular, a carga horária pesada dos primeiros anos do curso.

No plantão anterior tudo tinha sido diferente dos devaneios idealizados sobre a beleza do nascimento. A cada parto, o cheiro da placenta, as fezes, uma coisinha mole e cinzenta onde mal se distinguia um rosto enrugado, escorregava entre os gemidos maternos, presa a um cordão gelatinoso logo pinçado e cortado. A equipe se apressava em enfiar uma cânula barulhenta no nariz do bebê sugando secreções entre seus gritos de dor, sentida quando o ar inflava os pulmões pela primeira vez, marcando a cesura entre o meio líquido e o universo gasoso no qual essa criaturinha meio disforme viverá até o final de sua vida.

– Fuerza! Fuerza! Como se fuera cagar! – Pajarito continuava a exigir.

O pavor crescia em Teresa, tomada pela descrença de conseguir fazer tudo certo. Temia falhar e deixar o bebê escapar de suas mãos, cobertas com as escorregadias luvas de borracha molhadas pelos humores placentários. Tinha medo que sua inépcia levasse o bebê, ou sua mãe, à morte, temia não dar conta do que dela era esperado.

Enquanto ouvia os gemidos da mulher, a voz anasalada de Pajarito confundia-se à memória das histórias ouvidas na sua infância. Nelas, nascimento e morte se misturavam.

– Nossa Senhora do Parto te dê uma boa hora! – era a invocação mais ouvida pelas mulheres quando anunciavam sua gravidez. Escapulários bentos em igrejas de santas milagrosas eram presos em suas roupas para protegê-las na hora do parto. Outras histórias falavam de bebês atravessados na barriga, de crianças órfãs, cujas mães tinham morrido no momento do seu nascimento ou da trágica decisão de quem deveria viver, na impossibilidade de salvar mãe e bebê. Na pequena cidade – sem maternidade ou obstetra – onde Teresa viveu seus primeiros anos, mulheres rezavam novenas para proteger as parturientes e o alívio só vinha no momento que se ouvia o espocar de um foguete anunciando que o milagre acontecera: um bebê já sugava o seio de uma mãe extenuada.

Na véspera, tivera um pesadelo – o bebê do seu primeiro parto nascia de olhos abertos, fitando seu rosto de forma ostensiva e lhe dirigia um sorriso horrendo, quase um esgar, mostrando a gengiva desdentada através de uma fenda aberta entre o nariz e boca. Acordou gritando assustada e não mais conseguira dormir. Pensava em faltar ao plantão. Daria uma desculpa, ficara doente, uma viagem inesperada, qualquer coisa. Aquele bebê e seu lábio leporino a aterrorizara.

Percebendo seu alheamento, Pajarito chamou Teresa:

– El bebé está coronando, doctora. Ahora é con usted.

Ele está falando comigo?

É com você, fasça-o nascer!

Conseguiu fazer o que tinha aprendido. Com os olhos turvados pelas lágrimas, Teresa pegou nas mãos o primeiro bebê que fizera nascer e o olhou plena de amor e piedade.

Era um menino.

O primeiro golpe de ar distendeu seu pulmão e logo veio o grito de protesto. Com os olhos ainda fechados no rostinho ensebado, o bebê chorava forte.

Na boca aberta, Teresa viu a fenda que descia do nariz ao palato.

Matrioskas

Para Didi, a mulher que veio antes.
Para Mariana, Carolina, Teresa, Luisa e Eleonora, que vieram depois.

A casa já está silenciosa há algum tempo quando deixo o quarto da minha mãe, agora convertido em leito de hospital. Depois do banho demorado, afundo o corpo na cama sentindo o conforto dos lençóis impregnados pelo perfume dos ramos secos de alcaçuz dispostos nos cantos dos armários, um cuidado que minha mãe sempre teve. Lembro que na infância a troca da roupa de cama me trazia a noite mais esperada da semana; a ordem e limpeza emanavam dos lençóis perfumados, garantindo que tudo estava e sempre estaria no lugar certo e assim estancava a contínua sensação – que me comprimia o peito como um líquido espesso – de a qualquer momento despencar no vazio.

Esperando o sono chegar, percorri vagarosamente com o olhar todos os detalhes do quarto que foi meu durante tantos anos. Minha mãe manteve os móveis e os objetos com a mesma disposição que eu deixei quando fui embora de casa.

Apesar do cansaço, sentia alívio e gratidão por ter cuidado daquele bebê grande e ossudo que eu agora tinha de banhar no leito, colocar fraldas, dar comida e depois, com gentileza, meter em sua boca uma espátula com gaze, limpar a mucosa e a língua coberta por uma camada de secreção amarelada. A limpeza com nova gaze embebida em líquido antisséptico, retirada sem vestígios de secreções, permitia que o cheiro de menta, por algum tempo, se impusesse ao odor do hálito da morte.

Uma vez trocada e limpa, pude compensá-la da enorme tensão corporal provocada pela sequência das ações higiênicas, acariciando sua mão. Busquei adormecê-la cantando baixinho músicas que na minha infância eu a ouvia cantar em casa com o mesmo registro vocal com que cantava os hinos no coral da Igreja. Cantei também outras que na minha infância e adolescência ela costumava pedir para cantar, me ouvindo com evidente prazer.

Escolhi cuidar de minha mãe em seus momentos finais em vez de levá-la para um hospital onde ela ficaria distante da família. Estar assim com ela era uma forma de lhe retribuir o amor e o cuidado que sempre teve comigo. Agora uma mulher madura com filhas e netas, eu me sentia feliz quando podia tê-la junto da minha família nos dias de férias que passávamos em sua casa no interior, ou quando íamos juntas para nossa casa na praia, nas férias de verão. Lembro-me do verão passado, quando isso aconteceu pela última vez – ela usava um maiô azul-marinho estampado com flores brancas e amarrara na cintura um grande lenço de cor e estampa semelhante ao maiô, que eu encontrara em uma das boutiques da cidade, repletas de novidades na temporada. Com um chapéu de palha protegendo a pele clara, ela era uma mulher bonita.

Na praia, me pediu que a levasse até o mar e não se contentou em molhar as pernas ou entrar só até a cintura; logo que a água lhe chegou à altura do peito, mergulhou a cabeça, mas a força da onda a derrubou e com muito esforço, pois era uma mulher grande e forte. Consegui içá-la trazendo-a cheia de areia para a praia. Ela sorria deliciada com sua travessura e com o prazer de entrar no mar.

Minha mãe e eu não sabíamos que aquele seria nosso último verão, seu último banho de mar.

Tudo tinha mudado entre nós. Antes eu reconhecia seu cuidado, mas seu amor era para mim uma espécie de massa grudenta que se misturava ao meu corpo tornando-o pesado, uma obesidade incômoda como uma dívida impossível de pagar.

Assim como algumas mulheres sabem o momento exato da concepção de determinado filho, eu também soube quando o amor por minha mãe irrompeu dentro de mim com a violência instantânea com que o ar penetra no pulmão do recém-nascido. Ainda morava em sua casa. Uma tarde adormeci, não sei por quanto tempo, depois de tentar por muitas horas escrever um conto a partir da visão de uma baleia encalhada na praia, uma memória de criança. Acordei com um som vindo da rua: a voz entrecortada por soluços, de uma criança pequena, chamava a mãe com um tom de desespero que me sugeria um profundo desamparo. A voz e o choro foram desaparecendo aos poucos, à medida que se afastavam na rua. No começo não distingui com clareza se realmente ouvira ou se teria sonhado. Um momento depois voltei ao texto. Sem conseguir dar continuidade às poucas linhas iniciadas, recorri a um artifício que costumava dar certo – fazer exercícios de escrita, uma espécie de associação livre de ideias, treinando analogias e metáforas, em um estilo completamente diferente do que costumava usar em meus textos, sempre curtos e econômicos, quase secos, que nunca excediam uma ou duas páginas.

O choro e a invocação da criança surgiram como um flash. As palavras se soltaram libertas do meu comando, pareciam correr no teclado em seu próprio ritmo.

Digitei de uma só vez até pôr um ponto final. O ato seguinte foi trancá-lo em uma gaveta e esconder a chave, sem pensar no que estava fazendo; sabia apenas que não queria ler aquele texto dramático, exagerado, talvez de mau gosto, mas ao mesmo tempo não me decidia a jogá-lo no lixo.

Pouco depois minha mãe entrou no quarto, afastou as cortinas das janelas deixando entrar a luz suave do entardecer. Veio em minha direção segurando um prato de rabanadas.

– Estão quentinhas, acabei de fazê-las.

Sua voz era tranquila, a expressão do seu rosto, doce e amorosa. Eu a olhei demoradamente, surpresa e fascinada – pela primeira vez eu percebia o quanto ela era bonita e como eu gostava do som de sua voz. Um jorro morno e confortante se espalhou dentro de mim fazendo-me experimentar uma doçura antes nunca sentida, e de súbito percebi o quanto eu a amava. Tomei o prato de rabanadas na mão e pela primeira vez a beijei.

Lembrar o momento da descoberta do amor pela minha mãe na proximidade de sua morte me traz o desejo de ler o texto escrito tantos anos atrás. Sempre intuí que ele tinha a ver com a mudança que aconteceu na minha relação com ela, mas nunca tive coragem de lê-lo. Por algum tempo alimentei a fantasia de que uma emoção muito disrruptiva ficara presa naquela gaveta e que eu nunca deveria libertá-la; seria ela de verdade a autora daquele texto tão diferente dos meus escritos; ao prendê-la, me libertara da maldição de nunca ter podido sentir um amor verdadeiro. Com o passar dos anos o texto deixou de me interessar, não me ocorria voltar a ele, mesmo quando, nas visitas à minha mãe, voltava a ocupar meu antigo quarto. Essa lembrança agora me faz sorrir das engenhosas criações com que eu tapava os buracos escuros da ignorância sobre mim mesma. Senti que era o momento de visitar minhas gavetas trancadas e conhecer os sentimentos que não tinha podido viver.

Excitada pela mistura de curiosidade e temor, levanto-me para procurar a chave da gaveta e constato que minha mãe respeitou meus espaços ocultos. Encontro o texto no mesmo lugar, do mesmo jeito que o deixei.

Epifania

– Mamãe!

O choro interrompe a quietude da manhã de domingo. Uma criança invoca a mãe. Escandindo a palavra, parece exigir a posse do que lhe pertence. O desespero contido no apelo me desperta. Abro os olhos e as últimas imagens do sonho se desfazem, sem deixar vestígios.

Ainda retenho do sono a inércia do corpo relaxado, a mente como plâncton – matéria amorfa, disponível para moldar imagens de um universo desconhecido.

– Mamãe!

Ouço novamente o apelo inadiável.

Sinto meu corpo em alerta: pronto para saltar da cama e a socorrer. Percebo que o som vai se afastando e perde a intensidade até não ser mais que um eco na rua silenciosa. O tumulto do início cede lugar a um estado de devaneio amoroso – fosse eu a mãe daquela criança teria mil formas de brincar com ela, consolar, mimar, fazê-la parar de chorar e sorrir.

Uma suspeita se insinua entre a maciez de carinhos e confortos – alguma vez eu mesma chorei daquele jeito, desesperada, chamando por minha mãe, sabendo-a garantidora da minha vida, a proteção contra minha morte. O impulso imediato de atender ao chamado daquela criança me traz a certeza que isso aconteceu, do contrário a prontidão não viria tão forte. Essa urgência algum dia foi minha.

Uma pergunta inusitada – traiçoeira como um bote de serpente – rompe o tecido da certeza: alguma vez senti amor por minha mãe?

Como em um filme projetado ao contrário em velocidade acelerada, revejo fotogramas de minha vida, junto e longe dela. Em nenhuma cena encontro este sentimento. Dou-me conta de ter sentido pena dos pobres e injustiçados, de doentes sem tratamento, cães de rua vadios e famintos – amor de verdade? amor por minha mãe? Nunca, nem mesmo saudades quando fico longe dela.

Não que a odeie. Como odiá-la se no seu olhar encontro uma espécie de adoração muda, oceânica, que parece nada pedir senão que eu a deixe amar-me?

O silêncio se segue a essa pergunta. Nenhum pensamento, nenhuma explicação. Outra ordem, feroz em sua sanha inquiridora, de repente instala-se exercendo seu poder e sem pedir permissão, pergunta sem piedade:

– Deveria amá-la? Precisaria amá-la?

A pergunta brutal me atinge com o efeito de uma explosão cataclísmica. Tenho a sensação de que as paredes do quarto oscilam, desaparecem lançando-me no mar que se agita em ondas gigantes. Ao mesmo tempo astros despencam do céu e na terra fendas se abrem tragando tudo o que é vivo, cultivado, construído. Meu corpo se desfaz – algo impreciso, sem forma, cai no vazio, flutua em uma espécie de vácuo atemporal.

Lentamente um átomo de consciência começa a emergir do nada em que me tornei. O horror se revela como uma sentença de morte. Quase em surdina a resposta surge:

– Não a amo porque sou simplesmente uma porção ambulante da sua matéria, parte arrancada do seu corpo, vivendo a ilusão de ter vida própria. Não preciso mesmo amá-la. Não se ama a própria carne, braço, perna. Essa é a razão de jamais ter me ocorrido questionar se amava ou não minha mãe. Agora, emergindo do fundo da minha inexistência, percebo: amando-a, estaria apenas amando a mim mesma.

Ao horror se segue uma turbulência mais forte – é a dor que se instala violenta, inundando a frágil consciência que começara a se formar, trazendo o desejo da morte como único recurso de trazer alívio.

Sou salva do aniquilamento pelo ódio, nutrido por um turbilhão de pensamentos – "ela" sabe da minha incompletude, sabe que sou apenas uma parte sua, para ela nem mesmo tenho nome.

"Minha filha. Minha mais velha" – é assim que ela me apresenta para os outros.

Descubro que a alegria ante meus sucessos não é senão alegria por ela mesma – orgulho de ver sua criatura realizar o que desejou fazer e não lhe foi possível. Dar-me a comida mais saborosa, a fruta mais suculenta, a bebida mais gelada nada mais é que ver seu pedaço feliz. É ter prazer roubando-o do meu.

Minha mãe é na verdade um monstro insaciável. Não existo senão como fonte de seu prazer, que será multiplicado cada vez que eu lhe der um neto, ou até bisneto. Ela é o centro da luz incandescente de um círculo de prazer que cresce infinitamente.

Como tumor maligno, uma ideia se alastra dentro de mim: a única forma de deter a hidra será matá-la.

Um sentimento de felicidade me invade quando penso que esse ódio é só meu.

Posso odiá-la.

Matando-a, serei inteiramente livre. Saboreio cada cena do ato que me libertará: a surpresa e depois o espanto crescendo em seus olhos, adivinhando a decisão assassina ao perceber o brilho da lâmina da faca.

Um riso irrompe com a duração de uma estrela cadente – a ideia da faca me parece ridícula, um melodrama barato, filme de segunda, mas essa é a imagem que surge e agora não posso me perguntar por que essa escolha. Preciso alimentar o ódio para prosseguir com a cena da sua morte. Não a matarei pelas costas. Ela deverá ver quem lhe tira a vida, sentir que é justo, já que, de fato, roubou a minha. Depois penso, com a louca ternura da mãe que embala o cadáver do bebê que ela mesma matou – uma vez estando morta, poderei amá-la sem limites.

O sangue não jorra. Em seu lugar o aviso tantas vezes ouvido na infância:

– Cuidado com a faca, filha, não vá se ferir!

Odiei-a ainda mais.

Nem mesmo tenho a condição de ir até o limite do meu ódio. Até esse prazer me é roubado. Continuarei condenada a viver uma existência incompleta e, como uma corrente estendida até o infinito, transmitir à filha que um dia terei o legado de ser também apenas uma parte minha, impedida de amar-me senão quando eu estiver morta. Agora que a realidade de quem sou me foi revelada, de que adianta viver?

Incapaz de amar e de ser amada em vida, fantasma, títere, me vejo condenada a vagar pelo resto dos dias em um mundo sem cor, nua, sem pão e água – como São João Batista no deserto – ou ter a morte como única redenção.

A dor explode em lágrimas, solidão, desamparo. Molhada, sufocada, desvalida, ouço-me clamando pelo único ser que poderia me socorrer e me salvar.

– Mamãe.

Lendo agora o texto, compreendo sua extrema dramaticidade e crueza – corte, sangue, fluidos, dor, morte –, elementos de um drama gerado pelo violento esforço de separar-me de minha mãe, parir a mim mesma. Julgando apenas que tentava fazer um exercício usando analogias e metáforas, não percebi que o conto era ele próprio a metáfora desse parto.

Nascer é uma luta de vida ou morte. Um bebê não se desentranha do corpo materno sem que uma revolução se tenha iniciado e progredido em turbulência até o ápice que quebra a simbiose de muitos meses antes. O bebê se ejeta em um estado miserável – secreções, dor, terror e desamparo – daquele corpo ambíguo que o expulsa e o retém. Nesse momento o bebê grita e clama pela mãe, a única pessoa que pode recolher e unir seus pedaços, que ele sente se espalhar e gravitar fora dele, despencando em um espaço infinito; ela é a única pessoa que pode juntá-los – como um açougueiro faz com os miúdos de porco, colocando-os dentro de uma película que toma forma – e assim o livra da sensação de queda sem fim.

Desentranhar-me da mente de minha mãe para tornar-me mulher, exigiu reconstruir-me do nada por meio do ódio e por fim render-me ao seu amor, renunciando a tornar-me vitoriosa, matando-a. Salvando minha mãe da morte salvei em mim a condição de amar e de me deixar matar por minhas filhas para salvá-las ao me salvarem. Foi disso que, sem a menor consciência, tentei falar no meu conto dramático, que de alguma maneira me assustou porque tinha parte com o Anjo Caído – o que rejeita ser o preferido do Senhor e, uma vez livre, cria o próprio reino.

A noite avança e eu não durmo, talvez pelo medo de que minha mãe morra sozinha sem que ninguém esteja junto segurando sua mão e lhe falando com doçura. Madrugada, finalmente o sono me vence até que acordo e pela porta aberta ouço um som vindo do seu quarto – é a voz de minha mãe que claramente consegue fazer um apelo do fundo de si mesma:

– Mamãe!

– Mamãe! – ela repete, clamando pelo único ser que podia ampará-la no breve momento antes do nada.

O melhor amigo

– Vamos caminhar? O fim de tarde está agradável e no caminho a gente pode ver a lua nascer. Ontem, pela janela do apartamento, vi um pôr do sol ma-ra-vi-lhoso. Foi demais! Eu queria mesmo era ter visto aquilo lá da praça do Pôr do Sol. Me deu vontade de ficar lá só olhando... até chegar àquela hora mágica em que a gente vê o dia virando noite e o escuro vem chegando bem devagarinho, trazendo as estrelas.

Igor afastou o jornal, tirou os óculos de leitura. Sem responder, olhou para Mariana, que voltou a falar.

– Podemos sentar a uma mesa na calçada do Astor, pedir um chope bem geladinho, pastéis, bolinho de bacalhau... Não precisa ficar muito tempo. Passei a tarde inteira trabalhando, sentada. O que eu ia gostar agora é de caminhar sem pressa pra chegar... Faz tempo que a gente não faz nada parecido...

Mariana notou a ausência de resposta, mas deliberadamente a ignorou.

Depois de algum tempo de espera, resolveu usar a estratégia do ataque surpresa.

– Não aguento mais a rotina dos fins de semana paulistas: com qual casal vamos sair, qual dos quatro ou cinco restaurantes habituais vamos escolher, quem passa na casa de quem pra não precisar usar dois carros...

Preocupou-se em usar um tom de voz que não delatasse o tédio que já vinha há algum tempo, preenchendo seus dias.

Igor demorou alguns segundos para se recuperar da surpresa. Pela primeira vez pensou que Mariana devia estar deprimida.

Fazia tempo que ela não insistia na história de ter filhos. A princípio, ele deixou o assunto correr esquivando-se de uma decisão – sua vontade era negar. Atribuía o fracasso do primeiro casamento aos dois filhos que nasceram nos primeiros anos, tomando todo o tempo de sua mulher. Ressentira-se da falta da atenção às suas necessidades e de não mais haver espaço para o casal.

Conheceu Mariana alguns anos depois, quando seu trabalho o levou ao Rio de Janeiro. Ela era jovem, bonita, divertida e inteligente; publicara dois livros recebidos com elogios pela crítica literária.

Ultimamente notava a cesta de lixo do escritório cheia de papéis amassados e o Spotify sempre mudo. Mariana revirava-se na cama sem conseguir dormir, acordava no sofá da sala com a tevê ligada. Podia mesmo ser o começo de uma depressão, concluiu.

Sem outra saída concordou, se esforçando para não mostrar a falta de vontade.

Caminharam em silêncio. As ruas estavam sombreadas, mas os altos prédios dos morros vizinhos ainda refletiam o dourado especial do sol de final de primavera.

– Sorte a nossa! – disse Mariana. A mesa da calçada, atrás dos vasos de ráfias, está vazia.

Sentaram-se. Mariana sentiu-se protegida do olhar dos passantes que voltavam do trabalho pra casa, olhando com inveja a calçada apinhada de pessoas sentadas nas mesas e seguiam seus caminhos sem risadas ou conversas alegres, desejando que pelo menos fosse fácil encontrar um ônibus vazio ou um Uber disponível sem muita demora. Sentiu-se também livre da curiosidade daqueles que desciam dos carros para o *happy hour* com amigos, conferindo com uma olhadela quem estaria presente no bar, entrando apressados em encontrá-los ou em conseguir um lugar próximo às janelas.

Beberam em silêncio o primeiro chope. Na segunda rodada, apenas Mariana pegou um chope na bandeja cheia de taças que o garçom equilibrava na palma da mão, enquanto Igor lhe pedia para trazer uma cerveja. Sorvendo o chope, Mariana olhava distraída a bebida servida pelo garçom e achou bonito ver a espuma borbulhante incontida no limite do copo se espalhar pela mesa, escorrer por suas bordas, cair em cascata e...

– Escolheu um bar barulhento, não consigo ouvir direito o que você está falando – Igor falou, exasperado, enquanto limpava com a mão a cerveja que encharcava sua calça.

– Acho que você ainda não notou que não mora mais no Rio e que São Paulo não tem praia nem calçadão e que as pessoas não batem palma quando o sol desaparece.

E com ironia maldosa simulou a voz de Dorothy acordando em um lugar desconhecido depois do furacão:

– Acorda, Totó! Acho que não estamos mais no Texas!

– Vim sobressaltado o caminho inteiro com medo de ser assaltado e você nem percebe. Porque não pensou em ir mais tarde ao Le Jardin, como de costume? Tudo mais simples, as pessoas falando baixo, o garçom que sabe servir um drink, o ponto exato do meu entrecôte...

Depois de um tempo de silêncio, continuou:

– Bar é coisa de jovem pobre. Você sabe que não gosto de bares e mesmo assim insistiu. Não adianta dizer que eu podia ter dito não. Você acha que eu iria dizer não para seu olhar de cão abandonado que implora pelo carinho do dono?

Mariana ouvia as palavras de Igor como um zumbido incômodo – elas tilintavam em seus ouvidos com o som de vidros quebrados, cortes, cacos espalhados em superfícies metálicas, alternadas com risos ruidosos, discussões acaloradas, barulhos de carros e motos na rua, todos eles grudando, pedacinho por pedacinho, uns nos outros, até formar uma massa sólida, um som crescendo – que fez Mariana pensar ora num uivo de um animal feroz, ora no gemido da fera exangue que se afasta procurando um lugar para deitar o corpo ferido mortalmente e dormir sem saber que a esperada doçura e o silêncio do leito de folhas será o derradeiro lugar de onde nunca mais se erguerá.

De súbito, ela viveu a paz desse silêncio – viu os lábios de Igor contraindo-se, esticando-se em falas que já não ouvia. As pessoas se moviam em um mundo sem som, como se deuses pueris brincassem de vaca amarela e a humanidade fosse encarregada do silêncio para impedir que eles comessem a bosta da vaca.

Em meio a esse estranho mundo, calmo e silencioso, ela notou o cão.

A coleira atada frouxamente ao tronco do fícus próximo à sua mesa permitia ao cão deitar-se ou levantar. Era um golden retriever adulto, pelo sedoso, bem tratado. Altivo, tinha um olhar entediado para as pessoas que uma após outra lhe dirigiam gracejos e agrados.

Agora uma jovem mulher magra e loura falava com ele em voz infantil e, abaixando-se para mimá-lo, alisava freneticamente o seu dorso, sem dar mostras de que iria parar. Enquanto a mulher o alisava, o cão levantava-se e se deitava impaciente. O homem, de pé ao seu lado, percebeu o estado de transe em que a mulher parecia se encontrar e a arrancou com brutalidade, do lado do cachorro, empurrando-a para dentro do carro trazido pelo valet. Quando a mulher se foi, o cão deitou na calçada cerrando os olhos. Fingiria dormir?

Mariana irritou-se com a invasão da privacidade daquele corpo, do assalto aos seus sentidos. Pensou que dentro do silêncio e reserva o cão queria somente observar a humanidade, refletir sobre seus enganos e ilusões, como esse de achar que um cão é o melhor amigo do homem, um companheiro fiel e devotado que ama seu dono incondicionalmente e só almeja se sentir amado e acariciado por ele. Por que ninguém parece perceber que é o homem que dele precisa? É o homem que, levado pela necessidade de ser amado e pelo medo do desamparo, lhe oferece a melhor comida, cuidados no pet shop mais caro, o leva para passear – no pouco do tempo livre que o trabalho sovinamente lhe reserva no fim do dia – paciente e feliz em retribuir o amor que o seu melhor amigo lhe devota.

E o cão – ah o cão! Ele só quer mesmo a liberdade de ser apenas um cão; livre e vadio como aquele magro e de pelo eriçado que Mariana seguiu, numa tarde de verão na ilha da Maré: ele levantou-se do terreno ao lado de um campinho de futebol improvisado onde poucos meninos jogavam bola, e caminhou longamente pela trilha ao lado da praia.

O cão entrou no pequeno povoado e ruas; depois encontrou - em um largo protegido do sol pela sombra das amendoeiras – um lugar quieto, acomodando o corpo na areia macia ainda morna.

Ali ficou sem nenhum propósito, como sem propósito estava antes no campinho. Pudessem os cães contar seus pensamentos e o melhor amigo do homem perderia todos os privilégios. Seria nada mais que um perigoso cão de guarda, prisioneiro de uma coleira, tendo livre para si apenas a noite, quando os homens e o mundo dormiam sem poder ouvir suas confidências.

Mariana deu-se conta do silêncio à sua volta. Só aí percebeu que há muito Igor deixara de falar e a fixava com um olhar entre curioso e terno.

– Pedimos mais uma rodada, meu bem? – perguntou ele.

Aranhas boêmias

Joana sorriu ao olhar para o lustre de cristal da sala de jantar, se dando conta de nunca ter entendido por que fez pé firme na escolha daquela luminária. Foi um dos seus pequenos caprichos. Se ela mesma não sabia, seu marido e filhos entenderam menos ainda o motivo de ela ter rejeitado com tanta veemência o modelo que eles tinham escolhido para combinar com a decoração moderna da nova casa. Sua escolha não tinha nada a ver com o projeto da casa feito pelo marido, quando o filho e a filha já adolescentes precisaram de mais espaço. Joana olhou com prazer para o jardim – era o seu lugar preferido da casa. Àquela hora, a luz do sol descia sobre a folhagem da quaresmeira, atravessava a parede de vidro, tingindo de amarelo-claro a brancura do tapete riscado aqui e ali por esparsas linhas pretas. Amava o verão. Era a única estação que lhe permitia caminhar no parque próximo de seu bairro. Costumava sentar-se em um banco isolado, para assistir à revoada dos pássaros buscando seus abrigos noturnos. Voltava para casa com tempo de organizar a mesa do jantar para o marido e os filhos que chegariam um pouco mais tarde. Amava também arrumar a mesa do jantar com capricho – escolhia uma toalha que combinasse com as louças adquiridas nas viagens, os copos e guardanapos comprados nas lojas de decoração e o arranjo de flores ao centro.

Há quatro semanas nada disso era mais possível.

Servia-se de uma cadeira de rodas para deslocar-se do sofá para o banheiro ou para a mesa de refeições.

"E assim serão duas semanas ainda! Maldito salto alto do maldito sapato vermelho, maldito vinho, maldito tropeço, maldita festa!", praguejou mentalmente. Voltou a olhar a sala de jantar.

Aranhas boêmias. Sem motivo aparente, essas palavras surgiram soltas em sua cabeça. Perguntou-se com surpresa de onde elas vieram, não encontrando conexão com nada conhecido.

"Acho que vieram de alguma vida minha em outros metaversos", pensou com um misto de ironia e humor. Para fugir ao tédio da imobilidade forçada, nos últimos dias decidiu aventurar-se nas leituras de livros de física quântica, um assunto que lhe despertava curiosidade e, ao mesmo tempo, o sentimento de não ser capaz de compreendê-lo. Fantasiou que "aranhas boêmias" era o código de uma mensagem encontrada por acaso em um pergaminho – tornado invisível pelas camadas de poeira, dentro de um velho baú escondido – esperando ser decifrada.

Ops! Estímulo para uma bela história, pensou, animada em prosseguir inventando; ela gostava de inventar histórias. De repente, lembrou-se de ter visto essas palavras escritas em algum lugar e quando as lera em voz alta teve um pensamento divertido: pequenas aranhas bêbadas, tocando violão. Voltou a sorrir com a imagem lembrada.

Cavoucou as memórias tentando encontrar esse lugar, mas desistiu sem conseguir.

Voltou a olhar o jardim. Nem poderia molhar as plantas, pensou com desgosto, vendo as plantas sem viço, castigadas pelo sol e o calor intenso de janeiro. Em breve viriam as grandes chuvas de verão e os alagamentos costumeiros, murmurou para si mesma, e pensar que existem lugares onde nunca chove; lembro que em... Ah, meu Deus, agora lembro com clareza onde foi que eu li essas palavras. Logo soube também por que essa lembrança enterrada em algum lugar da sua mente tinha lhe vindo naquele momento.

O pensamento divertido cedeu lugar a uma leve tristeza com matizes de melancolia.

Rememorou sua chegada à noite naquela cidade estranha e a excitação pela expectativa do encontro com o marido. O aeroporto, nem percebera, era apenas um cenário noturno desfocado no qual resplandecia em primeiro plano a figura de Diogo.

Logo depois da viagem de lua de mel, ele viajou antes dela, com o diretor do filme, e tomou as providências necessárias para sua chegada - alugou um apartamento já mobiliado e o organizou cuidadosamente para que ela pudesse vir um mês depois, tão logo terminasse o estágio de conclusão do seu curso.

Na noite da chegada mal dormiram, tantas foram as conversas, os risos e as brincadeiras entre trepadas "Cataratas do Iguaçu", como eles as nomeavam, quando os fluidos dos dois se misturavam e encharcavam os lençóis. Na manhã seguinte, Diogo ainda dormia quando ela acordou e correu para a sala, abrindo as cortinas da janela; um dos seus maiores prazeres era o olhar novo que um lugar desconhecido lhe oferecia. A rua mostrava construções antigas, com balcões de madeira trabalhada, e pintura desbotada. No andar térreo do prédio colonial bem em frente à sua janela, leu em voz alta o letreiro da fachada da loja de candelabros de cristais: *Arañas Bohemias.*

Amavam-se, eram jovens e bonitos, se consideravam as pessoas mais especiais do planeta. Nem perceberam algumas semanas depois da chegada que não foi o orgasmo e sim um terremoto que balançou a cama e jogou no chão os objetos da mesa de cabeceira, enquanto transavam. Excitados e surpreendidos pelo ineditismo do fenômeno - o primeiro terremoto de suas vidas - ouviram o barulho de passos apressados descendo as escadas. Abriram a porta e saíram correndo e gargalhando escada abaixo, sob os olhares de censura dos assustados moradores.

Tudo passou tão depressa! As feiras de artesanato com seus panos e ponchos coloridos, cestos de palha trançados, objetos de cerâmica imitando os *huacos* encontrados nas escavações; as rodinhas vermelhas no rosto sujo das crianças vestidas como bonecas andinas típicas, os pueblos serranos descobertos nos sets das filmagens; o sabor picante da comida; o azul dos lagos entre picos nevados, o chá de coca para combater o efeito do *soroche* experimentado pela altitude. Tudo era maravilhoso e brilhante como a felicidade que sentiam.

Entranharam-se na cultura desse e dos países vizinhos, tão perto e tão distante deles que até então sequer tinham merecido uma visita. Apesar da diferença do idioma, esses países eram irmãos do mesmo pai, como aqueles, frutos de uma família clandestina, cuja existência é sabida, mas só se vem a conhecê-los quando um belo dia, sem anúncio, batem a sua porta e entram em sua vida para sempre.

Voltaram ao lugar de origem depois da conclusão do filme e das viagens, embebidos pelo desejo de novas experiências e pela recusa de viver a vida certinha de antes. O mundo – no qual eles viveram uma infância segundo as regras da geração de seus pais, e a adolescência voltada para a militância política, calcada no modelo religioso do bem do socialismo contra o mal do capitalismo –, o mundo tal qual o conheceram tinha mudado. O sonho acabara. Nada mais era como antes. A palavra de ordem agora era única: rebeldia – na vestimenta, na música, no cinema, nos costumes e principalmente na sexualidade, agora liberta da antes irrevogável interdição familiar.

Vieram os anos loucos, o teatro e a dança, a maconha, o entra-e-sai dos amigos na casa onde nunca estavam só os dois. Ela sempre cansada – dormia mal, dividida entre a balada quase diária depois do teatro e o trabalho na manhã seguinte, que exigia atenção concentrada – sentia-se recompensada pelas viagens que planejavam cuidadosamente. No curto tempo entre uma peça e um filme, visitavam pequenas cidades históricas, hospedavam-se em hotéis de charme em vilas perto de praias esplêndidas ou de cachoeiras, montanhas e grutas. Era comum receberem o tratamento especial que se costumava dar aos casais em lua de mel, tão felizes eles pareciam. Em suas vidas não cabiam filhos nem eles os desejavam. Bastavam-se, nada deveria separá-los.

Algum tempo depois passaram a viajar com o grupo de amigos mais constantes, mas ainda assim as viagens eram boas e ela se sentia grata à vida pela felicidade que desfrutava. Os amigos de viagens viraram amigos das saídas de fins de semana e depois companhia de todas as horas livres. Viraram uma espécie de trupe excêntrica com regras e ritmos próprios. A casa espaçosa que ele ganhara dos pais mais parecia um clube aos domingos – a piscina lotada de jovens e gurus não tão jovens, a música alta, bebida rolando, cheiro de maconha misturado ao de carne assando. Sócios que nunca iam embora, como no filme de Buñuel.

O sexo já não era tão frequente, mas o ritmo do trabalho dos dois aumentara, e na maioria das vezes ela não conseguia acompanhá-lo nas baladas que começavam depois da meia-noite e nas viagens quando a filmagem exigia locações fora da cidade. Ficava só, mas até gostava da liberdade de ler um bom livro na cama, dormir mais cedo sem ter que acordar de madrugada quando então ele chegava excitado, acendendo a luz do quarto, e ela, sonolenta, ouvia o relato das novidades, as conversas e fofocas do grupo.

Voltou a frequentar os jantares na casa dos pais e a encontrar as amigas da faculdade. Retomou o caderno, abandonado desde o casamento, onde escrevia poemas, pequenos textos e comentários dos livros que lhe agradavam. Aos poucos construiu um espaço próprio que lhe deixava contente e não parecia conflitar com as atividades do casal. Ambos pareciam apreciar a liberdade experimentada para usar o tempo como lhes parecesse necessário às suas atividades; é verdade que já não passavam tanto tempo juntos, mas a vida em comum era alegre, preenchida pela movimentação constante dos amigos nos fins de semana.

A vida seguia sem sobressaltos, mas sem a excitação dos primeiros anos de casada. E assim foi até aquele Réveillon. Nesse ano não viajariam para algum lugarejo à beira-mar, como costumavam fazer; fariam a festa em sua casa. Amigos garantiram presença e amigos dos amigos foram por estes convidados por conta própria, afinal "tinha espaço pra todo mundo", diziam eles ao chegar, trazendo sacolas com latas de cervejas ou garrafas de uísque. Os copos de plástico, abandonados nos cantos das salas, mais tarde foram substituídos pelas taças e copos do aparelho de fino cristal – presente de casamento até então nunca usado –, retirados da cristaleira sem nenhuma cerimônia, pelos "cabeludos excêntricos". Os vizinhos do bairro assim os descreveram aos policiais chamados na alta madrugada – "que não paravam de entupir a casa e pararem seus carros em frente à nossa garagem".

Jimmy Hendrix, Rolling Stones, Janis Joplin e os tropicalistas, antes em altos brados, baixaram suas vozes depois da visita dos policiais, mas seguiram cantando até o amanhecer.

O sol brilhava forte nos cacos de cristal dos copos e taças, quando o som foi finalmente desligado. Nos espaços vazios, deixados pela retirada dos quadros dos gravuristas preferidos do casal, inscrições e grafites de spray coloriam o branco das paredes.

Diogo insistia em fazer uma fogueira no quintal com os móveis da sala, mas foi contido por alguém um pouco mais sóbrio. Joana não o levou a sério, sorrindo o acusou de plagiar Caetano querendo "tocar fogo no apartamento".

No fim da tarde do primeiro dia do ano, a conversa séria.

Ela se lembrou de estar olhando fixamente os cabelos molhados dele, penteados para trás, e a sombra azulada da barba recém-feita, enquanto ele lhe dizia que ia embora: apaixonara-se pela colega do grupo de teatro.

– Não dá para continuar fingindo que está tudo bem, você não merece isso.

Sairia de casa, iria morar com ela.

O único pensamento que ela se lembra de ter tido naquele momento foi a dúvida se ele era ainda melhor ator do que a crítica o considerava, ou se seu amor por ele a cegara para as evidências – agora fazia sentido a frequência com que ele cantava Gonzaguinha: "Não dá mais pra segurar / explode coração".

– Bobagem lembrar tudo isso agora – ela pensou, sacudindo a cabeça como se tentasse se livrar do nó na garganta –, já se passou há tanto tempo, nem lembro como era a cara dele. Devo estar deprimida, isso sim. Nunca fiquei tanto tempo sem trabalhar, reclusa nessa casa. E ainda presa a uma cadeira de rodas.

Logo seu marido e seus filhos chegariam contando as novidades do dia e conversariam animados na mesa do jantar. Olhou, na direção da sala, a mesa que não estaria arrumada do jeito que gostava e percebeu, sobre o moderno aparador de laca preto, a bandeja marroquina com a jarra e quatro taças de cristal que sobrara do antigo aparelho; mais atrás, o olhar encontrava o círculo de sombra, projetado na brancura da mesa, pelo candelabro de cristal que pendia do teto; na parede branca, atrás da luminária, via-se o único quadro que trouxera ao mudar de cidade – a tela de um artista famoso, presenteada por seus padrinhos do primeiro casamento.

Pediria ao marido para mudar a decoração desse espaço. Nada era de fato moderno.

Jararaca

Desculpe o atraso.

Cruzou o portão. Esbaforida, atrapalhada com a dificuldade de manter junto ao corpo a maca quase maior que ela, dobrada sob o braço esquerdo. Uma volumosa bolsa de tecido pendia do ombro direito.

Leticia a esperava impaciente. Pouco antes queimara um incenso de alfazema, pusera uma música new age no Spotify, regulara o ar-condicionado para uma temperatura agradável.

O quarto estava pronto para a massagem relaxante que mandaria embora aquela dorzinha insistente que se apegara à sua lombar e cada vez mais atrevida se espalhava pelo quadril direito, caminhando em direção à coxa sem encontrar obstáculo.

Ainda não conhecia a massagista. Sua indicação viera com os elogios da amiga que lhe garantiu não haver dor muscular que aquelas mãos não conseguissem curar.

Nem deu tempo de se concentrar no toque macio das mãos na sua pele.

A senhora não sabe como foi difícil encontrar sua casa, apoie o rosto nesse buraco da almofada para poder respirar, está bem assim? Saí bem antes, mas o trânsito estava terrível! Nem pude usar o waze porque meu celular corria o risco de descarregar e tenho que esperar uma ligação da minha mãe; a coitada está vivendo uma situação horrorosa! A senhora nem vai acreditar no que aconteceu com ela, vou pôr uma almofada embaixo das suas pernas pra ficar mais confortável, a senhora deve estar se perguntando o que aconteceu com ela, mas pra entender tenho que contar desde o começo. A senhora tem um jeito de quem gosta de ouvir e eu gosto de falar enquanto trabalho. Minha família morava no interior. Pai administrava uma fazenda e mãe cuidava da gente e limpava a casa grande quando os patrões vinham nas férias. Nossa casa não tinha luxos, mas era bastante decente, tinha três quartos, cabia muito bem o pai, a mãe e nós seis – tinha banheiro, sala, cozinha com forno à lenha e varanda na frente, a senhora tem uma pele macia, gostosa de tocar, parece ser uma pessoa muito calma; plantar verduras e legumes em uma horta é uma das lembranças mais felizes de minha infância, até hoje sinto o gosto da primeira cenoura colhida da horta, foi a primeira cenoura que comi na minha vida, a gente foi só alegria quando aquelas sementes vindas no saquinho de papel começaram a brotar e crescer. Ainda sinto o cheiro do manjericão fresco, lembro do verdinho novo das alfaces, a cor viva das pimentas compridas que nem dedo de bruxa de unhas pintadas, me lembro até da folia que a gente fazia com cada novo legume que brotava do chão. Pai era um bom homem, deixe sua perna solta em minha mão, relaxada... assim... assim... bem relaxada, quando voltava do trabalho ele ajudava mãe nas tarefas da casa, cuidava da gente na hora do banho e revezava na hora de contar histórias pra gente dormir, uma noite no quarto dos meninos outra no das meninas, agora a outra perna, assim mesmo... bem relaxada, assim é bom, a Kombi pegava a gente em casa e deixava na escola rural mais perto da fazenda. Aí um dia pai foi com os peões abrir uma trilha no meio da mata; o patrão pediu, porque uma família de gringos que hospedou a filha deles ia vir com eles lá do estrangeiro e os gringos queriam andar no mato, a senhora sabe, né? Gringo é que gosta de mato, naquele tempo, a gente não dava a menor importância, mato era pra queimar e plantar roçado ou fazer pasto pra gado, a senhora deve achar um absurdo, né? Agora é diferente, eu acredito que o povo já sabe, aprendeu com a televisão que mata é importante pra formar chuva e evitar que a terra vire um deserto, dessa vez levei a conversa pra longe demais, né? mas como eu tava dizendo, pai foi pra mata de bota, porque na mata fechada tem muita cobra, relaxa um pouco mulher! Desculpe falar assim, mas é que as costas da senhora estão contraídas, só ele tinha bota, porque era administrador, a peãozada ia mesmo era de sandália de couro, aliás, a senhora sabe, né? Naquele tempo os patrões não eram obrigados a proteger os trabalhadores, a maioria nem mesmo era registrado, recebia o pagamento em mercadoria anotada na caderneta da vendinha, eita suas costas estão cheias de nós! vou precisar massagear mais tempo pra desmanchar todos, mas então, meu pai, que não era homem de ficar parado vendo os outros trabalhar, pegou uma estrovenga, e começou a desbastar o mato pra abrir a picada, ah está sentindo esse ponto doer, né? Apertei muito agora, não foi? Acho que tô encontrando o ponto da dor, pois bem, ele já tinha cortado uma porção de galhos quando viu um barulho de folhas, um movimento rápido como um chicote estalando no ar, ele deu um pulo pra trás, mas já era tarde. Sentiu o ardor no pulso e viu os dois furos que ainda nem tinham começado a sangrar e depois o barulho do rastejo ligeiro da danada se afastando numa velocidade de fórmula um, sentiu a dor, não foi? Acho que agora a senhora sentiu de verdade, quando toquei nesse ponto duro, foi uma barulheira dos diabos: uns peões corriam pra matar a cobra outros corriam pra buscar os cavalos amarrados no ponto que a picada começou a ser aberta e pai branco como papel, os olhos arregalados de pavor porque mesmo no meio do susto ele reconheceu a jararaca do rabo branco, a cobra mais venenosa de todas – picou, morreu, nesse ponto aqui, ó, tá tudo contraído, a dor vem mesmo da lombar e se espalha pra o quadril inteiro, é o nervo, o ciático, eu sei a dor é terrível. Lobo, o cachorro de pai tinha ficado em casa naquele dia, porque estava com a pata machucada. Quando Lobo viu o cavalo voltando com pai na garupa do peão, ficou com as orelhas em alerta e mãe viu logo que coisa boa não tinha acontecido, naquele tempo a senhora sabe, né? Não tinha soro na fazenda, só quando os patrões traziam nas férias com as crianças e convidados pra caso alguém fosse picado, depois o soro ficava fora do prazo e não prestava mais, com uma borracha fizeram um garrote no braço do pai acima dos furos, e deram umas beberagens de ervas. Amarraram também umas bandagens com ervas em cima dos furos.

A noite foi de sentinela. Os peões na sala, mãe fazendo café e a gente sem dormir porque pai gritava de dor e tresvariava como se dizia por lá, falando coisa sem sentido, os olhos vidrados. Chamaram a benzedeira e nada. Ele queimava de febre, mãe trocando pano molhado de água fria pra botar na testa, que um instantinho depois saía pelando. E assim foi. Três dias e três noites, todo mundo esperando que pai morresse, aguenta firme aí, eu sei que tá doendo, mas vai passar, amanhã a senhora não vai sentir mais nada, minha mão é boa de curar dor, o médico mais próximo ficava na cidade, mas pra ir lá a cavalo gastava um dia inteiro, a senhora sabe, né? Naquele tempo só quem tinha carro era o patrão, não era como hoje que todo trabalhador tem carro, moto, bicicleta, o escambau. Tá cansada, né? A senhora tá se mexendo muito, tem que ficar parada, só mais um pouquinho, daqui a pouco acaba. Não adiantava ir à cidade pra telefonar pro patrão, ele estava no estrangeiro com a família.

A febre foi passando. O pai não morreu, Deus me perdoe, mas antes tivesse morrido pelo menos minha mãe recebia o benefício, depois que a febre passou, o cabelo dele caiu todo, cabeça ficou lisinha, lisinha, ficou até sem sobrancelhas, os pentelhos não sei, porque nunca vi as partes dele, nem antes nem depois. Daí em diante não prestou mais pra nada, ficou maluco, xingava minha mãe, uma vez avançou nela pra bater, outra até ameaçou matar ela e nós todos com uma faca, nem olhava pra gente, não queria mais trabalhar, falava sozinho o dia todo. Quando era contrariado, ficava violento. Virou um traste. Um dia sumiu e ninguém viu mais ele naquela região, vou apertar o nervo com os polegares, vai doer mais, o patrão arranjou outro administrador. Foi uma tristeza, tivemos que sair da casa, deixar horta, a criação, e tudo que a gente tinha. O patrão não deu nada, achou que já tinha feito muito deixando a gente ficar na casa durante o tempo em que o pai esteve doente, a mãe pediu a ele os talões pagos do INPS, ele disse que não adiantava porque mãe não tinha atestado de óbito, mas acho que não deu porque deixou de pagar ou nunca pagou. Viemos todos pra cá, pra casa de uma parenta de mãe, a casa era pequena, mal cabia ela e os filhos, mas assim mesmo ela teve pena e nos deixou ficar, agora pode virar de barriga pra cima, não vai doer mais, é só relaxar. Os meninos mais velhos acharam um emprego de entregador numa quitanda da vizinhança, os pequenos ganhavam uns trocadinhos vendendo nas casas as paçoquinhas que mãe fazia nos dias que não tinha trabalho de faxina nas casas e assim a gente conseguiu alugar um quarto só pra nossa família. Eu que era menorzinha já peguei tempo melhor: fui pra escola e fiz até a oitava série, não deu pra fazer o colegial porque precisava ganhar a vida, fui trabalhar num salão de beleza onde aprendi fazer massagem. Tenho me dado bem, tenho sorte de ter muitas clientes, até comprei um carrinho bem usado pra atender em domicílio e graças a Deus sempre agrado às clientes. Agora a mãe pegou uma doença esquisita, não tem vontade de comer, não dorme de noite, fica olhando pro nada, está definhando, vive triste, como um passarinho ferido, preso em uma gaiola. A gente não sabe o que fazer com ela, já marcou consulta no SUS, mas só vai ser atendida daqui a dois meses.

Terminou.

Não precisa levantar já, fique deitada um tempinho mais.

Conseguiu relaxar, não foi?

Laura e a baleia

O sono demorava a chegar. Lena não conseguia parar de pensar que no dia seguinte não só veria de perto uma baleia de verdade, como encontraria seu querido tio, depois de uma ausência que lhe parecia uma eternidade.

O dia ainda relutava em clarear quando sua mãe acordou as crianças, pedindo pressa nos preparativos para não perderem a maré baixa; uma canoa levaria a família até uma praia distante para ver uma baleia que encalhara na areia em uma pequena baía, não muito longe do sítio à beira-mar onde o tio morava.

O tio era a pessoa mais importante que Lena conhecera até então; na sua devoção, ela o via como uma figura quase mítica. Muito jovem, ele foi morar no Rio de Janeiro e lá entrou na Marinha, onde alcançou um alto posto. Pouco conviveu com a família; as raras visitas que o tio costumava fazer à cidade eram para Lena um acontecimento memorável. O tio parecia muito alto quando erguia a cabeça ao sair da porta do avião e descia a escada em uniforme azul marinho com dragonas e quepe. Para a menina, ele era a própria encarnação dos artistas dos musicais americanos vistos no cinema.

Lena mal podia esperar o momento de receber os presentes comprados em suas viagens ao redor do mundo – lugares que passou a conhecer pelos cartões-postais que chegavam meses depois de serem expedidos nas cidades onde o navio parava. Honolulu, Havaí, Bahamas, Haiti eram nomes que povoavam sua imaginação e se tornavam cenários conhecidos por onde ela andava em fantasia.

O tio sabia tantas coisas! Nem mesmo seus pais sabiam tanto. Jogos desconhecidos – batalha naval, mímica, stop – aumentaram o repertório das brincadeiras com seus irmãos e primos. Ele desistiu da carreira de oficial da Marinha, deixou a esposa e seus dois filhos no Rio de Janeiro e voltou à sua cidade natal para viver com Laura, uma antiga namorada da adolescência.

Fazia bastante tempo que Lena não o via. Voltara à cidade no início das longas férias de verão, mas naquele ano as férias da família de Lena foram passadas na fazenda da serra. Não era nada fácil sair da fazenda para vir vê-lo. A viagem precisava de uma paciente estratégia. A descida da serra era feita a cavalo: as crianças pequenas acomodadas nos grandes cestos de cipó trançado, presos de cada lado da cangalha posta nas mulas que desciam a trilha vagarosamente. O pai na frente e atrás a mãe, montados em seus cavalos. Os irmãos maiores galopavam adiante, em disparada, levantando uma nuvem de poeira da qual era preciso manter distância. No ponto em que a trilha acabava, encontravam a velha caminhonete deixada em uma garagem. Ali começavam os vários quilômetros da estrada de terra que os levaria de volta para casa. Chegando à cidade souberam da baleia encalhada perto do sítio onde o tio morava e os pais, a pedido das crianças, resolveram ver a baleia e visitá-lo. Lena pensou que a visita lhe daria uma boa oportunidade de entender as frases enigmáticas entreouvidas nas conversas das mulheres da família, desde que seu tio e Laura deixaram a casa na cidade, onde viveram por pouco tempo, indo morar no sítio dela na praia.

Antes do casamento, Laura costumava passar ali longos períodos; ela era diferente das mulheres que a menina via na cidade – tinha pele muito clara, alta, magra, cabelos crespos penteados de forma displicente. Não usava batom ou outra pintura, costumava usar calças compridas de pernas largas e cintura alta, falava gíria e fumava em público usando uma piteira comprida. Na cidade de poucos automóveis, Laura guiava um Ford preto, do seu pai. Nenhuma outra mulher do local fazia coisas como essas. Entre as moças da geração da sua mãe, ela fora a única que não se casara até aquele momento. Não era bonita, mas para Lena ela era uma mulher fascinante e misteriosa. Solteirona era uma palavra que não lhe era apropriada.

Laura fazia parte da coleção das coisas incompreensíveis que Lena considerava que lhe cabia investigar, mas nos últimos tempos raramente era vista nas ruas da cidade. Quando vinha do sítio, trazia Cecília, a caseira, mulher morena de feições rudes que vendia seus deliciosos bolos na feira do porto enquanto Laura visitava a mãe – uma gorda senhora italiana que fazia pães artesanais –, a irmã casada e sobrinhos, todos moradores do casarão em frente à casa da avó de Lena. No mesmo dia voltavam para o sítio da praia.

O dia recém-nascido mostrava o céu com pequenas nuvens cor de rosa, quando a família desceu os degraus do píer. Foram orientados pelo canoeiro para tomarem seus assentos, cuidando em manter a embarcação em equilíbrio.

A canoa navegava muito próxima ao manguezal que margeava o rio. As crianças menores logo adormeceram embaladas pelo chap-chap das águas mansas arrastadas pelo remo. Um pouco mais à frente enfrentariam a turbulência das correntes geradas pelo encontro das águas do rio com o mar, a temível barra que tanto assustava as crianças. No manguezal às margens do rio, raízes escuras retorcidas e entrelaçadas formavam engenhosas estruturas onde pequenos caranguejos – despertados pelo ruído dos remos – começaram a aparecer com seus olhinhos espevitados espreitando os passageiros com curiosidade. O remador era experiente, e àquela hora, com a maré vazia, a barra foi vencida sem dificuldades. Logo a canoa chegou a seu destino, embicando na areia da praia.

Alcançar o local onde a baleia encalhara exigia uma boa caminhada.

O sol ainda estava ameno e a areia, morna e firme. O calor esquentava à medida que a caminhada se estendia, parecendo não ter fim, até que ao longe foi vista uma montanha escura que interrompia a brancura da longa faixa de areia.

Em torno dela, agitavam-se pequenas criaturas escuras impossíveis de se distinguir a qual espécie pertenciam. Quando se aproximaram foi possível identificar a forma do animal gigantesco cercado de uma pequena multidão de pessoas, algumas delas ocupadas em uma atividade que a princípio Lena não entendeu: usavam facas para recortar retalhos de pele da baleia e recolher em um recipiente o líquido oleoso que escorria da ferida.

Tudo aquilo lhe pareceu inacreditável. Para ela, a baleia era um animal sagrado. Desde muito cedo acompanhava as aventuras de Pinóquio lidas por sua a mãe à noite, antes de adormecer. A ilustração de Gepeto sentado dentro do ventre da baleia, com uma vela acesa lendo um livro, lhe fazia pensar o interior da baleia como um lugar aconchegante e protetor onde se podia ficar com segurança caso um navio naufragasse. Também conhecia a história do profeta Jonas – que desceu ao ventre de uma baleia – na leitura de passagens da Bíblia feita pelo pai nos dias da Semana Santa. O irmão mais velho lhe mostrara, nas Edições Maravilhosas, a história ilustrada do formidável embate entre Moby Dick, a grande baleia branca, e o capitão Ahab.

Seu fascínio por baleias só fez crescer quando, já tendo aprendido a ler, procurava nas enciclopédias o verbete baleia e ficava sabendo as histórias míticas de povos antigos:

A baleia simboliza a escuridão abissal e misteriosa, o inconsciente, o local para onde o herói precisa retornar para que seja possível seu renascimento.

No mito do herói, a baleia é o símbolo da grande mãe devoradora em cujo ventre o deus herói se transforma. A entrada no ventre da baleia é análoga à descida ao submundo e à passagem ao inferno. Sua saída significa um renascer ou uma ressurreição.

Mesmo que Lena não compreendesse o significado de todas essas palavras, ela as copiava em seu diário, sentia que ali havia algo de grandioso e solene, um prenúncio dos mistérios insondáveis da vida que algum dia conheceria.

Nunca acreditou que poderia ver uma baleia de verdade. Agora estava ali em frente a uma e nem sequer podia se aproximar e tocá-la, tal era o burburinho de pessoas à sua volta. Até mesmo uma escada era colocada para alcançarem o seu dorso e ali perpetrarem o ato indigno com o qual afrontavam a majestade portentosa do animal que ela tanto admirava.

O pai era mais alto que a maioria das pessoas ali. Lena lhe pediu que a pusesse em seus ombros, assim poderia ficar acima das cabeças e olhar a baleia por inteiro. Foi desse lugar que viu de muito perto o olho aberto e mortiço, um olho que parecia lhe ver sem reconhecê-la. Sentiu um aperto no coração. Sua baleia nunca lhe saberia amiga, a única ali a chorar sua morte, vão sacrifício que não redimia quem a retalhava.

O ar quente impregnado pelo cheiro do óleo e sangue a deixou nauseada, a vista escureceu e lhe pareceu que morria, como a infeliz amiga.

O caminho até a casa do tio era longo e tinha de ser vencido a pé. Seguiram pela praia até o ponto onde a areia já escaldante os obrigou a pegar uma trilha estreita, meio encoberta por uma folhagem rasteira. As raízes quase soltas sobre a areia formavam uma trama de onde aqui e ali emergia uma fruta vermelha e espinhosa; alguma delas já apodrecidas deixavam ver no seu interior uma polpa branca e esponjosa salpicada de minúsculas sementes pretas. De repente, Lena sentiu a dor no pé e viu o sangue escorrendo. Gritou assustada. O espinho penetrara muito fundo. Não havia como puxá-lo com as unhas. O resto do caminho foi feito nos ombros do pai.

A casa, de longe um pequeno ponto, foi crescendo até aparecer em detalhes e mostrar, saindo da porta, uma pessoa que caminhava ao encontro do grupo. Era um homem que parecia alto, mesmo em sua postura encurvada. Estava descalço. Usava uma calça clara de algodão grosseiro - que ressaltava o tom escuro do torso nu - arregaçada na altura do joelho. A pele curtida pelo sol era seca, rugosa; o branco dos dentes mostrava-se em um sorriso pouco convincente, acompanhando um olhar sem brilho. A cabeça coberta pelo chapéu de palha movia-se sugerindo boas-vindas. A mãe da menina foi a primeira a reconhecê-lo. Era o seu irmão que vinha dar as boas-vindas aos suados visitantes.

Pouco depois, o espinho do pé de Lena foi retirado pelo tio, com uma pinça. O pé inchado doía, então ficou decidido que no fim da tarde seus pais voltariam para casa com os outros filhos. A casa não teria acomodações para todos, seria impossível para o pai vencer a caminhada de volta até a canoa carregando a menina nos ombros.

No dia seguinte a charrete estaria consertada, e Laura mandaria Cecília acompanhá-la na viagem de volta em seu pequeno barco a motor.

Naquela noite, sufocando o choro, Lena assistiu em silêncio à desconstrução final da dignidade de seu tio, já antevista no momento do encontro. Sentado quieto em sua poltrona postada em um canto pouco iluminado, ela via sua cabeça pender abandonada a cada tempo no que parecia ser um cochilo do qual despertava quando era intimado por Laura ou Cecília - que jogavam baralho, bebiam, fumavam e riam alto de alguma brincadeira entre elas - a buscar na geladeira da cozinha mais uma cerveja para encher os copos vazios das duas jogadoras.

Lena dormiu um sono pesado. Sem sonhos.

Galinha ao molho pardo

meu coração galinha de leão
não quer mais amarrar frustração
oh eclipse oculto
na luz do verão!

Caetano Veloso

O sangue cozido formava um molho escuro e espesso, uma massa grumosa que recobria e quase ocultava os pedaços da galinha servida em uma panela de barro trazida ainda fumegante à mesa do almoço. Agora começava a busca pelo coração. A disputa de quem iria encontrá-lo e comê-lo era um costume da família desde que os filhos eram crianças. Lá estava ele, molinho, rachado no meio, encharcado de sangue talhado. Dessa vez coube a Clara – olhos e nariz vermelhos denunciavam que a manhã tinha sido de choro e ranger de dentes. Mas tinha que estar presente na mesa, o pai exigia, mesmo sabendo que noite passada ela voltara tarde do Carnaval na praça.

O almoço de família aos domingos era inegociável. No seu tempo de rapaz, Carnaval era durante o dia assistir na rua ao desfile dos carros alegóricos dos clubes Fantoches da Euterpe e Cruz Vermelha e à noite, lança-perfume Rodouro na mão, os rapazes nos bailes buscando a moça mais bonita da festa para começar o flerte. O que ele não entende agora é que graça tem aquele mar de gente enlouquecida, pulando embolada atrás de um caminhão de som iluminado, como os transatlânticos que vê passar à noite na Bahia de Todos os Santos, descarregando no dia seguinte turistas ávidos por comprar bugigangas no Mercado Modelo.

Uma vez saiu no Carnaval para conhecer o famoso "trio elétrico". Quase foi pisoteado pela multidão que lhe pareceu hipnotizada como os ratos atrás do flautista de Hammelin. Nunca mais saiu à rua no Carnaval.

Quando criança Clara gostava de ver nos desfiles de blocos a passagem dos Filhos de Gandhi. O mar de turbantes brancos – contrastando com a pele negra dos participantes tocando seus afoxés – movia-se lentamente, ocupando todo o leito da grande avenida. No centro, sentado em um pequeno trono sobre a alegoria de um elefante, um homem moreno, vestido com uma túnica branca, magro, óculos de aros redondos sobre o nariz adunco, fazia com as mãos o gesto de paz de Mahatma Ghandi. Uma ilha de serenidade em meio ao frenesi dos blocos.

Clara sempre foi diferente dos irmãos. Não gostava de

subir em árvores, brincar de pega-pega. "Vivia no mundo da lua, era lerda", diziam eles.

– Ela acha bonito o Braulino! Aquele preto que vem consertar o encanamento daqui de casa – diziam em meio aos risos irônicos.

Com 18 anos alcançara uma classificação brilhante no vestibular; como já estava na faculdade, o pai lhe concedeu o direito de ir para a praça nas noites de Carnaval. Clara descobriu que a praça era um território livre, uma irmandade heterogênea, onde tudo parecia permitido. Ela identificava as tribos: artistas, turistas e intelectuais famosos misturavam-se ao povo da cidade, bebiam juntos, dançavam, beijavam-se sem reservas.

Naquela noite, olhava e esperava. Sabia que ele viria. No Carnaval passado acompanhou, pelas ruas da cidade, o trajeto dos Filhos de Ghandi, junto ao cordão que isolava o afoxé. Ele a notara.

O ano inteiro, no quarto dividido com a irmã mais nova ou enquanto corria no calçadão da praia, era Caetano no fone de ouvido:

Não me amarra dinheiro, não
A pele escura
Dinheiro não
A carne dura
Dinheiro não

Beleza pura
Moça preta do Curuzú
Beleza pura
Moço lindo do Badauê
Beleza pura.

Neste ano, no desfile do primeiro dia, novamente os olhares. Agora o esperava na praça, na certeza que ele viria.

Quando ele chegou, não falaram muito. Ela mexeu nos colares azul e branco que cruzavam o tronco negro agora liberto da roupa branca. Ele acariciou os sedosos cabelos dela. Ela retirou o turbante dele e ele a ajudou a arrumá-lo em sua cabeça. Ela se olhou no espelhinho da pochete e gostou do que viu. Ele sorriu e beijou seus lábios com delicadeza. Ela pressionou a mão branca em suas costas sentindo a pele firme e macia, ele procurou com cuidado seus seios e os beijou sobre o tecido leve da camiseta. Caminharam de mãos dadas para o lado mais escuro da praça, atrás da estátua do poeta de mão estendida – a mão branca que escreveu os versos do Navio Negreiro.

Ela não sentiu dor, apenas o sangue viscoso escorrendo entre as pernas. Ele a olhava com um sorriso manso de dentes brancos, ela via luzes refletidas em suas pupilas e pensou em estrelas. Ficaram muito tempo abraçados em silêncio, até que ele anunciou que precisava ir ao encontro do grupo. Ela voltou para a praça e esperou que voltasse. Já era tarde quando desistiu. Voltou caminhando com as amigas até o lugar onde deixaram o carro. Descendo o Pelourinho, ela viu o bloco do Ilê Ayê se dispersando. Parou para contemplar mais uma vez a beleza do colorido dos panos africanos que cobriam o corpo esguio das lindas mulheres que os vestiam, o rebuscado arranjo das tranças que compunham seus penteados, criando esculturas.

Ela o viu enlaçando a cintura de uma delas que, de pé, tentava calçar a sandália, apoiando-se em seu ombro. O turbante reposto, os colares traspassando a brancura da túnica, o sorriso tranquilo.

Com lágrimas escorrendo pelo rosto, Clara mordeu com raiva o pequeno coração da galinha, escuro de sangue talhado, que lhe coube no almoço do domingo.

Titi e a porca

– Desgraçados! Filhos da puta! Tirem Bilota daí ou eu mato vocês com essa pedra!

A voz esganiçada de Titi, entrecortada pelos soluços, misturava-se a grunhidos desesperados que não se sabia de onde vinham.

Naquela manhã, algumas pessoas desciam a rua para comprar pão fresco na padaria da praça do vilarejo; outras, ainda sonolentas, pularam de suas camas acordadas pelo alarido dos gritos e imprecações, e o agora reconhecido grunhido da porca. Adultos e crianças apareciam nas portas, excitados pela novidade que feria o silêncio das manhãs do domingo. Durante a semana, a rua era sons e movimentos – algaravia das crianças maiores indo para a escola, vozes dos vendedores anunciando produtos nas portas das casas, conversas das vizinhas enquanto os compravam, tropel dos cavaleiros que chegavam das fazendas para realizarem negócios.

Com alguma frequência, o tropel de uma boiada desobediente ao aboio do vaqueiro levava as mães a recolher seus filhos pequenos da rua onde touros, vacas e bezerros se espalhavam em direção ao porto de embarque das balsas que levariam a boiada aos açougues da cidade, situada na foz do rio.

Nas manhãs de domingo, no entanto, até os galos não cantavam alto em seus quintais.

Moradores das casas mais próximas à cacofonia dos gritos correram atrás do som e avistaram o lastimável garoto. No rosto congestionado de Titi, lágrimas se misturavam ao suor, braços e pernas se agitavam em uma tentativa desesperada de expelir o terror que parecia ameaçar sua existência, caso a situação perdurasse. Segurando uma pedra em atitude ameaçadora, estava em frente à casa do escrivão, exigindo que este salvasse sua porca. No beco estreito – que separava a casa do escrivão da casa vizinha – em não menos lastimável estado, estava a porca e seu terrível grunhido.

Todos conheciam os personagens do drama: Bilota, ainda um bacorinho, foi presenteada à família de Titi para ser criada e engordada até que virasse um belo pernil assado em um dia festivo. A família, que chegara à vila poucos anos antes, era objeto de admiração dos habitantes, pelas boas maneiras do casal entre si e com as crianças, em um lugar onde a rudeza sem cerimônia era regra no trato entre as pessoas. Na escola municipal, elogiava-se a gentileza nas relações das duas irmãs, Eleonora e Verenna, que - entre Marias e Franciscas - dividiam generosamente seus lanches na escola, e a boa conduta de Titi e Martim, o irmão menor, que cediam seus brinquedos aos colegas e nunca falavam palavrão.

Bilota, criada com o carinho e mimo, foi o animal de estimação que as crianças nunca tiveram: o pai, coletor de impostos, era obrigado a mudar de cidade com frequência; se já era difícil para a família mudar de casa, escola e vizinhos, levar junto cachorro, gato passarinho ou peixe deixaria tudo pior.

Quando ficou pesada para sair dos braços das crianças, a porca andava pela casa, seguia Titi pela rua em seus deslocamentos para brincar com os amigos, acompanhava as crianças até a porta da escola municipal onde todas as crianças da vila estudavam.

Bilota era uma personagem local reconhecida e agradada pelos habitantes, que diferentemente das crianças tinham claro qual seria o seu fim. Agora, demasiado gorda pelo excesso de carinho e alimentos, entrara no estreito espaço do beco e ali ficara entalada. As manobras para escapar lhe esfolavam o pelo e a pele, arrancando urros de dor. O sangue já estampava o couro preto encardido.

Titi foi o primeiro a reconhecer a origem dos grunhidos. Desesperado, postou-se na porta do escrivão, exigindo alguma providência que livrasse Bilota do calvário, condenada pelo amor desmedido do seu dono. O escrivão permaneceu no interior da casa sem dar importância aos gritos do par desatinado.

Todos os circunstantes conheciam bem o outro drama que se desenrolava por trás de uma das paredes da casa do beco.

O escrivão, um homenzinho na casa dos cinquenta e muitos, magro, encurvado, cabelo cinzento e ralo, óculos grossos cavalgando um nariz adunco, se apaixonou pela sobrinha de Celsa, sua companheira. Nenzinha, côncavos e convexos nos lugares certos, tinha vindo ajudar a tia nos cuidados da casa desde que nasceu o bebê. A Celsa faltavam curvas e sobrava retidão; era conhecida na vila como pessoa generosa, sempre acudindo os moradores que adoeciam com seus conhecimentos de plantas medicinais, distribuindo entre vizinhos os ovos que abundavam no seu galinheiro a que dedicava muito cuidados; nunca deixava de levar bolos ou alguma iguaria nas visitas que fazia às amigas; ajudava nos arranjos florais dos altares nas festas da igreja, levando flores do seu bem cuidado jardim. Era estimada por todos os moradores. Celsa e o escrivão viviam juntos desde quando ele deixou a cidade onde morava, e a esposa com quem tinha filhos já adultos. Ele recebeu esse cartório, único da região, em um tempo fértil em lavrar escrituras de compra e vendas de terras para a plantação do cacau, fonte da riqueza da região.

O escrivão ordenou à companheira e mãe do seu filho de quatro anos que desocupasse a casa onde viviam e fosse embora de sua vida. Não adiantaram os apelos de Celsa e nem mesmo o conselho do vizinho e padrinho de seu filho, pessoa reconhecida e respeitada na comunidade como mediador de conflitos.

A vila inteira discutia as aventuras conjugais do escrivão. Cada casa da vila se convertia em um tribunal com promotores e defensores. As guerras multiplicavam-se: maridos benevolentes com o escrivão eram vistos por suas mulheres como possíveis traidores em cumplicidade com o sedutor. Vizinhas se exaltavam em defesa de Celsa, vendo com suspeita aquelas que não tomavam o partido da vítima. De nada adiantava a torcida pró-Celsa – sua sentença já estava lavrada pelo escrivão e com firma reconhecida.

Homens se apertavam no beco tentando salvar a porca – a empurravam pra trás e pra frente, tentavam deitá-la, virá-la, amarravam cordas e puxavam, mas ela não se mexia do lugar. Revezavam-se nessa tarefa para a qual só os mais magros se aventuravam. Titi já não tinha forças para chorar. Alguns adultos disfarçavam uma lágrima, as crianças pediam aos homens no beco que salvassem a porca.

Os gritos roucos de Bilota tornavam-se cada vez mais fracos. Pessoas entreolhavam-se em um entendimento tácito, mas ninguém ousava proferir o veredicto final. Os pais de Titi, sob algum pretexto, conseguiram levá-lo para a casa. Exausta, Bilota gemeu baixinho na execução da sentença.

Dois dias depois, discreta como sempre, Celsa despediu-se da vizinhança presenteando cada moradora da vizinhança com mudas de plantas arrancadas do seu jardim e uma galinha poedeira levada debaixo do braço.

Enfim o amor

Tupinambá, tabajara, arapiraca, itaparica, jaciara, jupará, jararaca, ubiratã, suçuarana, janaína, uirapuru – os sons das sílabas do nome indígena se separavam e rolavam com o som de água na correnteza, de pedra em pedra, até acabar em doce murmúrio de riacho manso. Ela se embalou naquele som, mergulhou na água fresca e aceitou a mão que ele oferecia. Acompanhada, sentiu confiança para desbravar a floresta da vida, virgem que era de descobertas. Os galhos espinhosos eram afastados por mãos cuidadosas, os pássaros lhes ofereciam sinfonias, ele colhia orquídeas nas árvores e lhe dava de presente. Nem feras, nem serpentes. Um espinho trouxe o sangue, sugado por lábios delicados, como vinho doce, reconfortante. Vez em quando amistosos encontros humanos: um ou outro grupo cruzava o caminho, gente morena de seminudez inocente, bonita, amistosa. Com eles partilharam frutas e cânticos, aprenderam beberagens e danças. Redes e esteiras eram estendidas nas casas onde todos dormiam. A mata não era sertão. Viver não era perigoso. Era só alegria, alegria. Crianças brincando nos Campos do Senhor.

Vontade de ficar morando ali com essa gente inocente, mas vontade maior era de descobertas. Seguiram caminho. A curiosidade do mundo, que sabiam ser grande demais, os atiçava.

– Marshmallow? Não sei o que é. Deve ser nome de coisa melada.

– Lasanha é peixe? Não? Eu ouvir alguém dizer que comeu uma fresquinha!

Brincavam, de bobeira, sorriam, inocentes.

Muito a descobrir. Fome de conhecer. Carregaram juntos toneladas de livros, percorreram quilômetros de filmes, centenas de teatros; e música – sempre – em diferentes ritmos, acordes e arranjos. A cidade já não bastava, mas em volta dela existiam outras e outras mais além, sonhando seus normais.

Novas palavras – *Pachamama, pachamanca, anticuchos, Montezuma, Machu Pichu. Ensueños que evocan la memória.*

O apetite pelos novos mundos cresceu e lá se foram para realizar palavras e imagens que conheciam em fotografias e livros de arte: Miró, Gaudi, Bauhaus, Picadilly, o escambau. Carruagem com reis de verdade, coroa na cabeça recebendo aplausos dos hippies drogados na Dam Platz. Um dia, nos corredores do metrô, ouviram o batuque de um atabaque. Sentiram que a Roma Negra os chamava de volta. Sentiram saudades da mata e dos rios. Voltaram. A floresta tinha virado uma selva vigiada por gorilas assustadores, tigres de presas à mostra, sedentos de sangue. Dentro dela tudo era silêncio. Cochichos: bico calado, muito cuidado – *os home vem aí*.

Não havia mais lugar para o barquinho navegar em mar azul nem para os menestréis louvarem a beleza da mulher. Se antes o desejo era virar o mundo em festa, trabalho e pão, agora o único jeito de não ficar louco era virar o mundo de ponta-cabeça. A flor no lugar da arma, a desobediência no lugar de obedecer, a desordem mudando a ordem. Quando o mundo virou pelo avesso, tudo virou junto. Não mais selva nem cidade, nem eu e tu, nem eu e você/você e eu.

Como todo o mundo, eles também giraram numa ciranda vertiginosa – Pedro que amava Laura que amava Juca que amava Selma que amava Helena que não amava ninguém.

Girando, girando, a ciranda virou a massa espessa de uma grande esfera que se deslocava levada pela correnteza, impossível de ser detida. A queda no abismo, partes se quebrando sem traçado prévio, cacos, pontas agudas ferindo o que tocavam. Afastando. Desmembrando.

Um dia, ela se olhou e se viu partida no meio. O outro lado de si era um buraco – uma grande boca escancarada com fome do pedaço que faltava e deixava suas entranhas à mostra. Não doía. A dor ainda não era conhecida.

Nem o amor. Urgia em si apenas o sentimento de viver. Navegar era preciso, mas viver também era e assim deixou a corrente da vida lhe levar.

Logo encalhou em uma ilha onde viveu a fantasia da magia. Tudo pareceu tão simples... Bastou um olhar, um toque e logo se sentiu preenchida. Tudo era música, beleza e encanto no lindo lago do amor. Liam Clarice e brincaram de ser Lori ensinando a Ulysses o aprendizado dos prazeres do amor sem suas dores. Embora a história dos dois estivesse *written in the stars*, o amor do *now* não se fez *forever* e a realidade de ser lua minguante logo se impôs.

De novo deixou a vida lhe levar e, à procura da sua outra parte, aportou na cidade dos livros e da poesia. Parou por um tempo mais longo, atraída pelos livros; a leitura fazia parte de sua vida desde as mais antigas lembranças. Parada naquela cidade teve tempo para aprender nova forma de ler; sofisticou seu conhecimento. Poemas eram agora lidos como formas. Pausas, espaços, linhas, palavras decompostas tornavam-se outras, formando outro conjunto de significado. Gostou do que aprendeu, mas aos poucos foi percebendo que era hora de partir – concretamente, seus espaços internos estavam vazios de si mesma; em suas linhas desencontradas, nenhum significado se formava.

Não tendo peso, foi presa fácil de um vento forte e mais uma vez se deixou levar por um caminho que não escolheu. Não importava – qualquer caminho servia para quem não sabia aonde queria ir. Descobriu-se em uma terra que despertou sua curiosidade pelo exotismo – cada coisa exibia seu duplo oposto: beleza e feiúra, delicadeza e aspereza, ternura e rudeza, conhecimento e ignorância, riqueza e pobreza. O cru e o cozido.

Como lhe era quase instintivo, a dúvida gerava curiosidade e esta a tornava disponível para viver a experiência. Quem sabe nessa terra desconhecida encontraria o que buscava?

O desafio dos primeiros tempos se transformou em irritação e cansaço. O tempo passava e a paz ali não estava. Definitivamente não estava nesse lugar dividido o que em si sentia falta. Era hora de partir.

Viageira incurável, aportou em novo sítio, onde provou do mel e do fel. Degustou o prazer de conhecer paisagens exóticas, cidades de histórias grandiosas – lugares que deram origem aos mitos e às fábulas que continuam a alimentar os sonhos dos humanos. A realidade do cotidiano lhe ofereceu raiva, dor, frustração. Percebeu que seus gestos e palavras modificavam o espaço em torno de si, atiçavam as fúrias; fogo ardente refluía como faíscas queimando sua pele. Na sua cegueira, as feridas, na imagem que construíra de si mesma, eram sentidas como causadas por desamor, brutalidade e aspereza. Achava feio o que não era espelho; não entendia que o amor pudesse conter o ódio, sua antítese.

Apesar de sofrer, foi ficando. Talvez intuísse que na dor havia um aprendizado: viver é, sim, perigoso para quem não olha em que terreno pisa. Aos poucos os sentimentos foram mudando. Uma amizade serena tomou o lugar das turbulências, as paixões cederam lugar à compaixão e confiança. Foi um porto importante na sua vida.

A despedida foi amorosa, sem dor. O ato da partida obedeceu a um caminho que se definiu por si mesmo. A separação se deu com pouco incômodo; como um dente de leite que amolece aos poucos até que o fino fio do fim se desprende e o deixa solto na boca. Ganhos ao invés de perdas davam a certeza mútua de que nenhuma cerimônia de adeus era necessária. Juntos construíram dois barcos sólidos e partiram em rumos diferentes, mas não divergentes. Seus barcos nunca se perderam de vista.

Depois de uma longa navegação em mar – que ora se apresentava sereno e belo, espelhando em sua cor os delicados tons recém-nascidos das auroras e a fúria de cores dos pôres-do-sol, ora suas ondas agitadas jogavam o barco contra rochas pontiagudas que abriam rombos em seu casco – deu-se conta de que ao longo do percurso algo mudara em si. Sua pele, agora firme e resistente, fora costurada com linhas e pontos fortes. As grandes fendas se fecharam. Sentia seu peso e consistência e se soube ser pessoa inteira, habitando aquela estrutura. Um ser vivente, entre seus semelhantes.

E viu que era bom.

Aprendera uma novilíngua que lhe facultava observar, escolher e decidir. O que queria agora era estar em um lugar tranquilo e ali permanecer. Parando em um lugar, conheceria o mundo e muito ele podia ensinar sobre as criaturas viventes e seus movimentos, sobre a natureza, seus mares e florestas; queria sentir o limo do tempo assentando-se em sua pele.

E assim foi.

Um dia, em uma curva do tempo, quase por descuido, derrapou no amor que enfim parecia estar à sua espera, *mudo de natural silêncio*.

De pronto se reconheceram pela liberdade que sentiram na conversa, a simplicidade das palavras que eram ditas sem disfarces ou ocultos sentidos, o riso fácil e autêntico, o brilho vibrante dos olhos. Ela se apoiou em seu braço e caminharam confiantes pela alameda que os levou aos abraços, à doçura do encontro dos corpos que se dão um ao outro, generosamente, sem alvoroço e precipitação. Encontraram-se no tempo da gentileza.

A terra em volta deles, lavrada com paciência, brotou em novos verdes que prometiam flores de cores vivas e frutos maduros de diferentes sabores.

Juntos são um e outro. Separados – um do outro.

E assim é.

O tempo corre mais depressa do que eles desejariam. Não mais olham para o mundo com olhos de procurar beleza, mas ela, a eles se oferece, com generosidade, em pequenas coisas vistas nas caminhadas pelas cidades, praias, parques e trilhas – sons dos carrilhões de uma catedral antiga, sofisticação de bordados criados pelas ondas na areia das praias, teias de aranha, nos galhos das árvores dos parques, ornadas por gotículas de orvalho iluminadas pelos primeiros raios de sol da manhã, tapetes amarelos de flores do ipê forrando as calçadas das ruas do bairro onde moram, um pequeno pássaro alimentando seus filhotes no ninho, nuvem vermelha dos guarás em revoada buscando as árvores da mata para se aninharem no final da tarde, uma folha seca em forma de coração encontrada no jardim – belezas para as quais algumas vezes olham com um sentimento de despedida, mas com o consolo de que a vida lhes reservou um outono de clima ameno com sua beleza de tons em nuances de dourado e a memória de inesquecíveis primaveras.

© Ananda Campelo

Maria Helena de Souza Fontes

Nasceu em Canavieiras, sul do estado da Bahia. Graduou-se em Salvador, na Faculdade de Medicina, especializando-se em Psiquiatria. Aos trinta anos mudou-se para São Paulo, onde fez formação na Sociedade Brasileira de Psicanálise, filiada à International Psychoanalysis Association, tornando-se Analista Didata dessa instituição. É Membro Efetivo Docente do Instituto de Psicanálise da SBP-SP, exercendo a clínica em consultório privado. Publica artigos em periódicos como *Revista Brasileira de Psicanálise*, *Revista Ide* e *Jornal de Psicanálise*. Publicou contos na coletânea *Quarta-Feira. Antologia em prosa e verso* (Escrituras, 2003), em *Sobre o feminino* (Blucher, 2012) e no livro *Fluidos. Antologia do desejo* (Helvetia, 2024).

Edição Bruno Zeni
Capa e projeto gráfico Sílvia Nastari
Diagramação Rafael Marcon
Revisão Bruna Del Valle
Ilustrações de capa e miolo Calu Fontes

Dados Internacionais de Catalogação na Publicação (CIP)
(Laura Emilia da Silva Siqueira CRB 8-8127)

Fontes, Maria Helena.
Aranhas boêmias/ Maria Helena Fontes; capa, Sílvia Nastari; imagem da capa, Calu Fontes; ilustrações, Calu Fontes; texto de orelha, Claudio Castelo Filho. 1ª ed. – São Paulo: Editora Quelônio: 2025. 104 p. ; 13 x 20 cm.

ISBN 978-85-93229-66-4

1. Ficção: Literatura brasileira 2. Literatura brasileira: contos
I. Fontes, Maria Helena II. Fontes, Calu III. Nastari, Sílvia

13-20258 CDD 869.93

Índices para catálogo sistemático:
1. Ficção: Literatura brasileira
2. Literatura brasileira: contos
869.93

Quelônio

Rua Venâncio Aires, 1072
Vila Pompeia
05024-030
São Paulo - SP
www.quelonio.com.br

Fontes: Kankin e Utopia Std.
Papéis: Cartão 250 g/m2
e Pólen Bold 90 g/m²
Impressão: Rettec
Tiragem: 300 exemplares
São Paulo, maio de 2025